Gloriole
à vendre

LES ÉDITIONS
Sémaphore

3960, AVENUE HENRI-JULIEN
MONTRÉAL (QUÉBEC) H2W 2K2
Canada

Téléphone **514 281-1594**
info@editionssemaphore.qc.ca
www.editionssemaphore.qc.ca

Nous remercions le Conseil des Arts du Canada de l'aide apporté à notre programme de publication.

Couverture : M.-Josée Morin

Mise en page : Lise Demers

Catalogage avant publication de Bibliothèque et Archives nationales du Québec et Bibliothèque et Archives Canada

Laverdure, Rachel, 1970-
  Gloriole à vendre, prix révisé
  ISBN 978-2-923107-07-3
  I. Titre.

PS8623.A835G66 2008   C843'.6 C2007-942521-6
PS9623.A835G66 2008

Dépôt légal : premier trimestre de 2008
© Éditions Sémaphore et Rachel Laverdure

Distribution : Les Éditions Sémaphore

RACHEL LAVERDURE

Gloriole
à vendre
PRIX RÉVISÉ

ROMAN

LES ÉDITIONS
Sémaphore

L'œuvre est le masque mortuaire de la conception
Walter Benjamin

Pour n'obtenir que la renommée de son père,
il faut être plus habile que lui
Diderot, *Le neveu de Rameau*

D'abord, l'odeur m'alerte. Puis, un bruit ténu de crépitement provenant du corridor. Enfin, un gaz fuligineux déferle dans ma chambre, désembrume mon cerveau et me réveille tout à fait. Tous mes sens s'aiguillonnent soudain devant la gravité de la situation.

La maison est en feu.

L'affolement me gagne, mais il est aussitôt endigué par un solide sens pratique hérité de mon père. Les flammes lèchent déjà la cage d'escalier. Pas question de chercher minet, de faire l'inventaire des meubles à sauver ou de maudire les piles à plat de l'avertisseur. Je dois agir vite et penser d'abord à sauver ma peau. Un coup d'œil à la fenêtre me rassure. La voie est encore praticable et sécuritaire. Je n'ai qu'à ouvrir le châssis, m'engouffrer par l'ouverture et atteindre le toit du porche puis descendre en m'agrippant aux briques décoratives en saillie.

Mais auparavant, je le sais, il me reste une chose à faire. Je sors dans le corridor et accède au bureau en un éclair. Je respire le moins possible pour éviter de suffoquer à travers cette fumée opaque. Avec soulagement, je repère le porte-documents encore intact sur la table. Les rideaux contigus commencent déjà à s'embraser. Je saisis l'étui de cuirette et me précipite de nouveau vers ma chambre, conscient de ma témérité. L'issue, envisagée un moment plus tôt, est compromise par des flambées extérieures en contrebas. J'hésite et après un bref calcul, je choisis de me lancer dans le vide une fois rendu à mi-chemin du toit de l'entrée. En serrant mon butin contre moi, je saute, roule sur le gazon et me relève à peine étourdi.

Je m'éloigne jusqu'au trottoir pour contempler la maison familiale se consumer sous mes yeux. La brigade des pompiers arrive, annoncée par le fracas de sa sirène. Je les observe s'appliquer à leur travail. De multiples jets d'eau giclent en cascade sur ce cottage cossu. Mais la virulence de l'incendie et son expansion favorisée par des vents sud-ouest laissent présager une perte à peu près totale. Par chance, ma mère assiste à un colloque. Elle est à l'extérieur. Je dois à tout prix la contacter.

18 mai

J'ai passé la nuit à l'hôtel. J'y ai déniché du papier et un crayon avec lesquels j'ai pu commencer ce journal. Ma mère m'y a rejoint ce matin. Elle est dévastée par le sinistre. Sa maison est associée à tant de souvenirs. Péniblement, elle rassemble ses forces pour voir aux choses pressantes. Nous logerons chez sa sœur à quelques rues d'ici. Celle-ci doit revenir d'Europe dans trois jours avec son mari. Ils nous hébergeront avec plaisir le temps de trouver un appartement. Pour ma mère, l'incendie n'a fait que précipiter les événements. Elle n'entendait pas demeurer longtemps dans cette maison trop vaste et exigeante à entretenir après mon départ imminent. Pour moi, mes plans restent inchangés. Mon bail est déjà signé et j'emménage au début du mois de juillet dans un trois et demi aux confins du quartier de mes rêves. Très *in* comme secteur. C'est un semi-sous-sol, mais compte tenu du prix, je ne pouvais espérer mieux.

Je ne pleure pas grand souvenirs, guenilles ou bibelots ayant péri dans l'incendie. Grâce aux assurances, je n'aurai aucun mal à renouveler ma flotte d'appareils électroniques. Je vais pouvoir me rééquiper en CD neufs, en DVD, en caméra numérique, en portable ou en télé à écran au plasma. Du reste, en énumérant ces joyaux de la technologie, je suis conscient que tout cet arsenal paraîtra dépassé d'ici au plus dix ans. Au fond, la technologie sert avant tout le narcissisme de l'être humain. Ce qu'il désire au-delà du iPhone, du iPod, du GPS et *tutti quanti*, c'est la quête d'un statut, d'un positionnement social qui le maintient toujours en amont par rapport aux autres. Un statut bien précaire et à regagner constamment. Ivan Illitch avait été visionnaire lui qui pestait contre l'hégémonie de l'automobile et des autres moyens de transport trop rapides. Il en avait révélé les véritables coûts et calculé qu'en prenant compte du temps moyen passé à travailler pour faire l'acquisition d'une automobile et payer tous les frais rattachés (et non uniquement le temps passé au volant), la vitesse du bolide était réduite à... 6 km/h ! Ce constat des années 1970 doit être assez inchangé aujourd'hui. Pour ma part, le travail que j'exerce exige l'utilisation d'une auto, mais j'évite d'en faire un prolongement de moi-même. Mon attachement aux biens matériels est ténu. Aussi, je ne peux songer à aucun objet irremplaçable ou sentimentalement chargé

9

qui aurait été emporté par le feu. Il en va autrement pour ma mère : elle est inconsolable.

Ses photos, pour la plupart non enregistrées sur support numérique, ont été réduites à néant. Elle avait au moins trente albums numérotés et alignés bien proprement sur l'étagère du salon. Toute sa vie et celle de ses proches étaient capturées, immortalisées sur pellicule, sans compter les cassettes VHS, super 8 et autres antiquités qui complétaient le lot. Je l'entends encore me répéter : « Ah ! s'il fallait que l'on passe au feu, ce serait un désastre ! Demain. Demain, sans faute, je vais m'atteler à la tâche et faire faire des copies de mes albums que je laisserai chez ma sœur ! » Elle s'en mord les doigts aujourd'hui. Sa négligence la prive de ses biens les plus précieux. Les résultats de ses recherches en généalogie aussi ont été détruits. Des années à farfouiller sur internet ou dans les registres de la paroisse. Elle avait accumulé des tonnes de renseignements sur ses aïeuls, fait des recoupements, à l'aide de vieilles photos et de contacts avec de lointains cousins, etc. Au fond, sa passion pour la photo et celle pour ses racines sont complémentaires. Ma mère suit l'air du temps en s'adonnant à ces loisirs de plus en plus répandus.

J'ai toujours eu du mal à saisir les motifs de son engouement. Je l'observais par moments, dans les fêtes de famille tout particulièrement, où elle s'escrimait à rassembler tout le monde, à les poser dans l'escalier de l'entrée en leur assignant chacun une place pour immortaliser le moment ou à prendre des clichés des plats servis au restaurant, de ses tulipes en inflorescence, de la nouvelle coiffure de son gendre, ou même de ses ongles d'orteils fraîchement manucurés. Avec elle, tout faisait office d'évènement et chacun valait un portrait. On eut dit que cette obsession du cliché donnait un sens à sa vie, la hissait au rang de gardienne des mémoires. Elle serait un témoin de son époque ou, de façon plus étroite, une prêtresse du culte des ancêtres et de la parenté, venue sur terre pour soigner, entretenir les liens filiaux et assurer leur pérennité au moyen de l'image, de la trace visuelle, grâce à toutes ces archives photographiques qu'elle comptait laisser en héritage.

Moi, j'essaie de ne pas trop penser au peu que j'ai perdu. Je me réjouis de ce que j'ai sauvé. Un paquet de plus de trois cents feuilles lignées de format 8 1/2 par 11, un peu jaunies. Maculées d'une fine écriture serrée, reconnaissable entre toutes, elles valaient, pour moi, tout l'or du monde.

19 mai

Ma mère m'inquiète un peu. Je ne l'ai pas vue ainsi depuis la mort de mon père il y a quatorze ans. J'ai beau la raisonner, insister sur le caractère strictement matériel des pertes, elle me regarde en secouant la tête d'un air piteux. Je lui souligne avec un enthousiasme forcé que le minet est sain et sauf. Elle se contente de hausser les épaules. Je la trouve ingrate envers ma tante qui a accepté d'héberger aussi le chat en dépit de ses allergies.

Il semble qu'un flot de souvenirs rejaillit en elle à travers cette épreuve. Je la rassure, lui répète pour une troisième fois : Solène a été prévenue. Je l'ai jointe hier, à Vancouver. Ma sœur aînée va venir passer quelques jours avec nous, hébergée aussi par notre tante. On va se retrouver en clan, en famille, comme avant. Je lui parle de son petit-fils qui doit naître dans quatre mois, de son noble statut de grand-mère. Habituellement, l'évocation de ce sujet la comble de bonheur, mais pas aujourd'hui. Son petit-fils va vivre à l'autre bout du pays, me rétorque-t-elle sèchement et ce ne sont pas les quelques visites annuelles rendues à sa fille ou que s'accordera Solène qui tisseront des liens très profonds entre elle et cet enfant. La proximité et les échanges fréquents sont nécessaires pour établir et consolider le sentiment d'attachement. Je ne sais quoi répliquer et finis par lui donner raison.

En ce moment, son regard lointain est résolument porté vers jadis. Si je me laisse aller, moi aussi, je vais plonger dans la nostalgie. On n'y échappe pas toujours, mais pour avancer, il est impératif de s'en affranchir.

— Te souviens-tu ? commence-t-elle...

Non, non, elle ne va pas encore ressasser les cendres de notre drame intime, de notre dérisoire tragédie domestique ! Évidemment, je m'en souviens. Comment pourrait-il en être autrement ? Chaque jour, chaque matin nouveau, je pense à lui. Je n'arrive pas à me l'extirper de l'esprit, même après quatorze ans. Et si j'y parvenais, j'aurais encore à composer avec ceux qui se chargent de me le rappeler. Ses anciens élèves de théâtre, le tenant en haute estime pour la plupart, ses amis nombreux, des collègues, des acolytes de différentes activités, fondations ou projets communautaires dans lesquels il s'était impliqué sans compter les membres de sa famille; tous citaient son nom périodiquement telle une balise dans son domaine et une référence dans le genre humain en général.

Oui, je me souviens. Je me souviens de ce soir funeste où il est descendu par le grand escalier du hall d'entrée, d'un pas mesuré. Avec sa superbe à la Norma Desmond dans *Sunset Boulevard*, il a foulé une à une les marches, jusqu'à la première puis, au moment de poser le pied au sol, il a vacillé légèrement, son regard a fléchi comme saisi par l'étreinte de la douleur soudaine et il s'est mollement laissé choir sur le plancher devant moi et ma sœur, aux premières loges de cette scène, car nous arrivions tout juste de l'extérieur et refermions la porte. Il ne s'est jamais relevé. Les ambulanciers ont fait leur possible, tout comme les pompiers de l'autre jour, mais en vain. L'infarctus était massif.

J'ai souvent repassé ce film dans ma tête et au moment de sa chute, qui me sembla interminable et incongrue pour une telle force de la nature, je pense au *Petit Prince*. Après la morsure du serpent, il tombe lui aussi de la même façon, dans l'aquarelle de Saint-Ex, avec cette souplesse dans le geste et surtout cette espèce d'abandon si déchirant par le doute, la stupeur qu'il semble sous-tendre.

Ma mère, hantée par ses souvenirs, revenait avec insistance sur le déroulement des évènements, comme si ses réflexions pouvaient changer quoi que ce soit. Papa s'était changé dans sa chambre et avait troqué sa tenue de détente pour des pantalons propres avant de redescendre. Avait-il perçu des signes avant-coureurs, ressenti des douleurs suspectes l'incitant à se rendre à l'hôpital ? Ça lui ressemblait de ne vouloir alarmer personne en ne se confiant pas, de prendre les devants pour consulter, mais en solo. Malgré ses penchants grégaires et sociaux, il avait une conscience aiguë de ces trois moments de l'existence où l'on est résolument seul; la naissance, la souffrance et la mort.

21 mai

Nous sommes chez ma tante désormais. Son accueil est chaleureux et plein de compassion. Personnellement, je pourrais me passer de ce dernier sentiment, mais ma mère, elle, l'apprécie sûrement. Ma sœur doit arriver ce soir. Je ne saurai trop quoi lui dire, comme toujours, mais je suis néanmoins content de la voir. Elle et moi avons suivi des chemins assez différents. Elle est agronome; je suis agent d'immeubles. Elle vit en banlieue de Vancouver dans un coquet bungalow et entend fonder une famille de trois enfants avec son mari ingénieur; je déménage dans un semi-sous-sol, les marmots me pèsent et je ne vois pas pourquoi je me presserais de trouver l'âme sœur avec laquelle s'introduira nécessairement l'ère du compromis.

14

Les meilleurs moments passés ensemble sont ceux consacrés à la remémoration de la figure paternelle. Encore lui ! Il est intéressant de constater à quel point les souvenirs des uns ne recoupent pas ceux des autres. Par bribes et de façon parfois décousue, je redécouvre au contact de ma sœur des aspects moins connus ou certaines anecdotes au sujet de notre père. Son statut d'aînée lui confère un avantage : elle l'a connu trois ans de plus que moi.

C'était un personnage assez grandiose, décédé trop tôt. Aussi, il m'est salutaire de déserter enfin le giron familial. En déménageant, je m'affranchis de ce fantôme, de ce modèle, je quitte un lieu hanté. Je me garde bien de partager ces réflexions avec ma mère et, en un sens, je ne vois pas cet incendie comme une calamité. Il permet, au contraire, de mieux faire table rase du passé, de partir sur de nouvelles bases.

Il reste pourtant ce fameux manuscrit.

23 mai

Ma mère va un peu mieux. Tante Léa lui a offert des doubles de toutes ses photos la concernant ou susceptibles de l'intéresser. À leur contact, sa mémoire paraît s'apaiser. Elle reconnaît des moments clefs de son existence. Ce faisant, elle se réapproprie sa vie. Ironiquement, ces artefacts en deux dimensions lui insufflent de la vigueur, lui redonnent son relief.

Ma sœur et elle passent de longs moments à discuter de grossesse, d'allaitement, de positions d'accouchement, de layettes et autres sujets auxquels je n'entends rien et qui me laissent de glace.

Je me retire donc au sous-sol, espace personnel pour la durée de mon séjour ici. Fidèle à ma routine quotidienne, je ferme la porte, file vers la table de chevet où gît l'étui et m'empare du document rescapé. Du revers de la main, je balaie une poussière intempestive. Je le contemple, en hume la légère odeur décatie d'humidité et de fumée. Et je reprends ma lecture, là où je l'avais laissée. Je parcours le texte pour la quatrième fois et commence à le connaître par cœur. Néanmoins, chaque relecture apporte son lot de découvertes. Des points se précisent, des liens se créent entre certains éléments. Des métaphores ou des allusions s'éclairent. Mais dès le premier abord – et je ne suis pourtant pas un fin connaisseur en la matière – j'ai su que j'avais affaire à quelque chose de rare, ciselé comme un bijou d'exception.

Tout a commencé il y a environ deux mois. En m'affairant à préparer des boîtes en prévision de mon déménagement, j'ai résolu de farfouiller dans mes souvenirs d'école. Le sous-sol se divisait en deux sections; une partie était rangée; on y retrouvait des articles de camping, de vieux vêtements et accessoires d'hiver, des conserves et des marinades. L'autre, réservée aux paperasses familiales diverses et aux documents paternels en particulier, était un embrouillamini. Des tablettes jonchées de piles de papiers, des boîtes de toutes les couleurs en équilibre précaire les unes sur les autres, aux étiquettes parfois biffées ou réécrites tant de fois qu'elles en devenaient illisibles, des

16

classeurs éventrés d'une partie de leur contenu, redécouvert dans un recoin au hasard d'une investigation.

Après la mort de mon père, ma mère n'avait rien voulu jeter. Dans un souci de respect du défunt ou dans l'illusion de figer un restant de vie au travers de ses choses peut-être, elle avait cessé de s'aventurer dans cet endroit de la maison. Tout au plus, une fois l'an, elle y passait l'aspirateur ou débarrassait les encoignures des toiles d'araignées.

J'étais donc à la recherche de souvenirs d'enfance dignes d'être sauvegardés de l'oubli et ajoutés au trousseau que je tâchais de me constituer. Après une fouille sommaire dans les contenants étiquetés *Bastien : maternelle, 1ʳᵉ année*, où se trouvaient, du reste, des papiers bien ultérieurs à cette époque, je résolus de m'approcher du gros classeur de bois nimbé à mes yeux d'une certaine majesté. C'était là où mon père rangeait ses préparations de cours, ses listes d'élèves, ses feuillets d'examens, ses propres travaux d'université, ses diplômes, etc. J'avais déjà eu recours à ses cahiers de notes pour un travail de français portant sur une pièce de théâtre. Je n'avais d'ailleurs pas obtenu un résultat très brillant. Par la suite, j'avais réalisé pourquoi. Ses commentaires se bornaient à copier l'introduction de l'édition critique d'une œuvre théâtrale. Ce que j'avais repris mot pour mot en me croyant malin constituait donc un pur plagiat.

Autrement, jamais je n'avais osé m'attarder auprès de son classeur. J'appliquais, sans m'en rendre compte peut-être, la déférence voire la vénération posthume témoignée par ma mère. Ce jour-là pourtant, entraîné par une hardiesse inconnue, j'ai ouvert un des tiroirs. En glissant sur des rails détériorés par la rouille, il a dévoilé son contenu dans un grincement lugubre. Des noms d'auteurs, de théoriciens ou d'époques – correspondant à des courants en théâtre – étaient bien visibles, marqués au feutre. Certaines chemises n'étaient pas identifiées ou comportaient des numéros qui devaient correspondre aux codes des cours enseignés. Des heures durant, je me permis de consulter ses papiers, de déchiffrer ses griffonnages, ses commentaires truculents annexés parfois en marge, entrant progressivement dans un état second où j'avais l'impression de remonter le temps, de renouer, de fusionner avec lui, de sentir presque son cœur palpiter à travers le mien et son sang couler dans mes veines.

Enfin, épuisé par cette émotion prégnante, je m'apprêtais à tout refermer quand un document épais, inséré dans une chemise beige anonyme, divisé en plusieurs sections brochées, attira mon attention. Je m'en emparai prudemment pour y jeter un coup d'œil. La première page était surmontée d'un titre : *Le Défet*. Je fis d'abord la grimace, croyant à une faute d'orthographe grossière, mais en remarquant le terme roman ajouté au-dessous, mes préjugés cédèrent place à l'ébahissement. Exit les soucis linguistiques, qu'est-ce qu'une petite erreur de langue devant une telle trouvaille ! J'en commençai la lecture avec fièvre pour la poursuivre jusqu'à une heure tardive avant de parvenir à m'en détacher. Peu à peu, les exigences du quotidien me rappelèrent à l'ordre. Paupières lourdes, borborygmes; je tombais de sommeil, n'avais pas soupé et devais effectuer une visite de maison pour huit heures le lendemain à l'autre bout de la ville.

À la première occasion, je me suis replongé dans le manuscrit fascinant de mon père, dans cette histoire géniale se déroulant dans le milieu de l'imprimerie, parsemée de mystères, aux rebondissements multiples, au style achevé et à la voix unique. Trois jours plus tard, j'étais passé au travers. J'avais rarement été tenu en haleine de la sorte, entraîné dans un maelström de sensations diverses allant de l'affliction à l'euphorie en passant par la colère et l'empathie. Il me tardait de confirmer mes impressions auprès d'une autre personne. Étais-je le seul à voir en ce manuscrit un chef d'œuvre ? Mon jugement était-il altéré par ma dévotion face à tout ce qui se rapportait à l'image paternelle ? Ma première intention avait été d'en aviser ma mère et de lui demander conseil après lui avoir fait lire le texte. Mais, après réflexion, je m'étais ravisé et mes plans avaient changé de façon assez abrupte.

Le sentiment éprouvé en parcourant l'œuvre de mon père ne pouvait pas être ignoré. L'osmose, la pénétration intime de son univers, ce sentiment de faire corps avec lui, de le sentir renaître, tel un phœnix, l'instant de la lecture – initiant un pacte entre le lecteur et l'auteur – tout cela devait trouver écho dans la démarche à emprunter. Aussi, avec l'assurance de celui qui a la foi, je résolus de m'approprier le texte, de le faire mien, de m'en attribuer les mérites et d'en récolter les honneurs.

Ma mère aime faire des mots croisés. Du plus loin que je me souvienne, sa routine matinale comprenait une séance de cruciverbisme. Avant de se rendre au travail, elle découpait sa grille dans le journal et s'installait à sa table de cuisine où trônaient, en permanence, un dictionnaire, un pousse-mine, une gomme à effacer et une paire de ciseaux.

Un matin, peu avant l'incendie, en déjeunant sensiblement plus tard qu'elle, je jetai un coup d'œil à sa grille inachevée et fus passablement surpris d'y remarquer le mot défet orthographié comme dans le titre du manuscrit. Je ne me contentai pas de la définition lapidaire proposée et fouillai dans le gros dictionnaire. Il n'y avait pas d'erreur. Mon père savait ce qu'il écrivait. J'en fus soulagé car en dehors de cette petite incongruité en tête de son manuscrit, tout m'apparaissait à peu près sans défaut.

C'était un mot tiré du jargon de l'imprimerie. Du latin *defectus*, (manque). En typographie, il désigne une feuille ou une fraction de feuille d'un ouvrage imprimé qui reste en excédent après l'assemblage. On conserve les défets pour remplacer éventuellement les feuilles endommagées ou égarées d'un ouvrage. Le terme n'était pas répété dans le roman, même si son influence se sentait dans un ou deux chapitres. Aussi, à la lueur de sa signification, je découvrais des seconds sens au texte paternel.

Avant de recopier le manuscrit sur mon ordinateur, pour ensuite le cacher en lieu sûr, il m'importait de me renseigner sur l'imprimerie. Ce sujet ne devra plus avoir de secret pour moi lorsque l'on me posera des questions se rapportant à la genèse de *mon* roman. J'eus le réflexe de sillonner la bibliothèque paternelle. Mes efforts ne demeurèrent pas longtemps infructueux. Tout en haut d'une section, un livre à tranche étroite, d'aspect assez récent, portait sur l'imprimerie et l'édition. Je m'en emparai pour le feuilleter.

Mon père s'étant documenté plusieurs années avant moi, il m'était agréable de poursuivre cette espèce de dialogue avec lui, en me prêtant au même exercice, en manipulant le bouquin sur lequel il s'était penché. Amorcé par le relevé des annotations en marge ou des phrases soulignées, cet entretien, bien qu'à sens unique, prolongeait cette complicité nouvelle entre nous. Un des chapitres traitait des défauts et irrégularités du livre imprimé. Le mot défet, par exemple, souligné à double trait à la page quarante-six témoignait bien des motifs de cette insistance et de son rapport avec l'intrigue du roman. J'arrachai la page de garde où s'affichait l'ex-libris de mon père et de ma plus belle écriture, à la fois ample et effilée comme la sienne, j'apposai ma signature en haut du revers de couverture. Ce livre rejoignit ainsi ma propre bibliothèque… pour quelques jours du moins avant qu'il ne brûle avec tout le reste. Mais l'essentiel était le manuscrit et il avait survécu au sinistre.

Le travail m'occupe assez ces jours-ci. Les ventes de maison vont bon train en ce temps de l'année. Ma mère ne cache pas sa déception de me voir agent d'immeubles et non ingénieur, professeur, travailleur social comme elle, ou à tout le moins bachelier accompli, voire maître ou thésard. Or, j'ai su, tout au plus, cumuler les débuts de certificats et les abandons divers. Mais, comme je le lui répète, avec mes qualités de vendeur et de communicateur et avec ma débrouillardise, je me sens mieux outillé dans la société actuelle que bien des diplômés. Et depuis peu, j'ajoute d'un ton mystérieux qu'elle connaîtra bientôt ma vraie valeur et découvrira ce dont je suis vraiment capable. Elle aura des raisons d'être fière de son fils.

Je prépare le terrain en faisant allusion à de vagues velléités littéraires et en remettant de l'avant mes qualités de conteur qui savait dérider la galerie lorsque j'étais plus jeune.

En général, je suis peu volubile sur ma tendre jeunesse. C'est une période que je préfère oublier même si elle me permet de retrouver, en pensée, le giron paternel. Jusqu'à huit ou neuf ans, j'ai de bons souvenirs, mais les choses se sont gâtées à la suite d'une mauvaise chute à vélo. Bilan : une jambe cassée. La fracture était vilaine et j'ai dû porter un plâtre durant de longs mois. Dès ce moment, je me suis mis à grossir. Je ne pouvais plus jouer dehors avec mes amis et ma frustration se muta en compulsion alimentaire.

Avant, seuls les dimanches étaient dédiés à la gourmandise, mais dès mon accident, tous les jours, je fis bombance. Les visites dominicales chez ma grand-mère constituaient pour ma sœur et moi un véritable périple au palais des gâteries. J'étais même convaincu qu'elle était l'égérie des auteurs d'*Hänsel et Gretel* ou de *Charlie et la chocolaterie*. Dès le seuil, les effluves sucrés provenant de ses fourneaux déclenchaient une salivation immédiate. Elle nous accueillait en nous offrant un verre de Coke ou de soda-mousse. Elle nous faisait la bise en se penchant tant bien que mal, gênée par ses rondeurs, et nous laissait parfois des traces de farine au visage en nous pinçant les joues avec bonhomie. Puis, à peine désaltérés, nous devions choisir entre des beignes ou une pointe de tarte maison mis au frais dans la remise, un *fudgicle* ou une poignée de jujubes.

Après avoir engouffré l'un ou l'autre de ces délices, ou bien tous à la file indienne (!), nous allions digérer un moment dans la cour sur la balancelle ou dans la chambre de couture, une pièce en retrait où avec ma sœur (et mes cousins lorsqu'ils y étaient) nous jouions avec la boîte métallique à boutons. Grand-mère en avait de toutes les grosseurs, de formes et de couleurs diverses. Nous inventions des jeux où, tour à tour, les boutons devenaient de la monnaie, un butin à cacher, des pions, les éléments d'un collage ou les contours d'une route à construire.

Quand un petit creux se faisait sentir, nous avions le droit soit d'engloutir une seconde portion soit de fouiller dans le plat d'arachides salées ou encore de courir au dépanneur, deux maisons plus loin, munis d'un ou deux trente sous subrepticement offerts à chacun par grand-père, d'un air complice. Ces après-midi s'écoulaient dans la gaieté et l'insouciance, mais invariablement, le soir venu, assis à la table familiale, je chipotais pour finir mon assiette, encore gavé et grisé par ma visite chez l'aïeule paternelle.

30 mai

Solène est déjà repartie. Les gens lui trouvent bonne mine. Moi, j'ai du mal à m'habituer à sa bedaine. Je n'aurai pas à le faire non plus, car elle aura accouché lorsque je la reverrai. J'ai hâte de déménager et d'avoir un peu d'intimité. Ici, c'est impossible de commencer à recopier le manuscrit. Je devrais utiliser l'ordinateur obsolète de ma tante et ma mère, tôt ou tard, tomberait sur le document et en reconnaîtrait l'écriture. Ces papiers compromettants devront être rapidement placés en lieu sûr après leur saisie sur support informatique.

Aussi, je passe mon temps libre au gym. Ce lieu m'apporte bien-être et liberté. Je m'y rends pour méditer, lever des poids et suer tout en me retirant dans ma bulle. Pour le mois à venir, j'ai ajouté une période hebdomadaire à mon entraînement. Depuis quelques années, ces visites au centre sportif se sont intégrées dans ma routine et ma vie s'en est trouvée transformée. Elles m'ont permis de vaincre mon embonpoint qui semblait s'être installé à demeure. Depuis la fin de l'école primaire, j'endurais, impuissant, les quolibets étouffés derrière moi. C'en était assez. À mes nouvelles habitudes sportives, j'intégrai une meilleure alimentation ce qui eut pour effet d'accélérer les résultats. Tout au long de ma métamorphose, j'ai aussi eu le plaisir de voir changer le regard des filles. Je commençai mon adolescence en crapaud, je l'achevai en prince charmant ou, enfin, en quelque chose d'assez approchant. Je rattrapai alors le temps perdu en multipliant les aventures et en me vautrant dans la luxure.

Je me suis un peu calmé depuis, mais jamais je ne dis non à une jolie fille, dans la mesure où elle ne cherche pas l'homme de sa vie. J'ai encore des choses à connaître et à expérimenter avant de m'engager avec qui que ce soit. Subir la perte d'un être cher, d'un mentor, d'un modèle à l'âge précis où le besoin d'émulation est si aigu, ne peut que transformer sa philosophie de vie. Dans mon cas, j'ai réalisé la fragilité de l'existence et je me suis efforcé de vivre selon le *Carpe diem* avec plus d'élan, plus d'application que jamais. Il y avait urgence. Le décès pouvait survenir, frapper sans crier gare. Il me fallait connaître les joies de la volupté, non seulement pour mettre la mort en échec, mais pour me détacher aussi du cocon familial. Et, pour arriver à mes fins, je devais me rendre désirable, d'où ma détermination à maigrir.

Mon obésité ne s'est pas dissipée sans laisser de traces. De ma lourdeur passée, il m'est resté un certain rythme selon lequel j'aime vivre, un tempo lent, un brin contemplatif en dehors du gym ou des situations qui réclament du dynamisme.

Ainsi, malgré ma jeunesse, je me sens assez peu de mon temps marqué par les rafales, la vitesse, le mouvement saccadé, effréné, l'esthétique du vidéo-clip et des répliques hachées, des *one-liners*. Je ressens de l'ambivalence face à cette ère de l'assimilation à vitesse grand V, où l'estomac se doit d'être solide et l'antiacide à portée de la main pour ne pas risquer l'indigestion de données de tout acabit.

3 juin

C'est la canicule depuis hier. Une chaleur torride bien hâtive. Au rythme où la planète s'emballe, nous devrons nous habituer à ce genre de désagrément. Je me suis servi un grand verre d'eau avec des glaçons en revenant du gym. Ma tante achète de l'eau embouteillée. Elle ne jure que par Évian. Je la lui laisse et me sers au robinet. Le goût de l'eau est polymorphe; on l'apprécie selon l'activité ou le moment de la journée. Quand je vais m'entraîner, je n'apporte jamais de bouteille. Après ma séance de cardio, avant d'entamer la musculation et les étirements, je vais toujours boire une bonne rasade à la fontaine près des vestiaires. Reliée au réseau d'aqueduc municipal, c'est la meilleure qui soit : très fraîche, jamais tiédasse même si, dit-on, une eau chambrée serait meilleure pour l'organisme. J'entrouvre les lèvres, le souffle encore haletant, la sueur qui coule le long de mes tempes et je recueille le liquide insipide et glacé tel un nectar divin propre à me régénérer. Je le sens s'infiltrer aux confins de mes conduits, comme la sève ranimant le chêne au dégel du printemps. En ces instants, je ne saurais jouir davantage en décapsulant une eau griffée provenant d'un sommet enneigé, d'une source réputée ou d'une grotte inaccessible. La vulgaire eau du robinet, avalée à grandes lampées après l'effort, figure parmi les bons moments tout simples de mon existence. C'est l'accumulation de ces petits instants de félicité qui me rend heureux et non la poursuite d'un bonheur global, viscéral, organique, immanent. Existe-t-il seulement ?

J'ai fait un détour par le dépanneur un peu plus tôt aujourd'hui. J'y vais chaque quinzaine environ. Je perpétue ainsi un rituel instauré du temps où mon père vivait. Il avait pris l'habitude de m'emmener tous les mardis soir à cette même enseigne où il me regardait, d'un air bienveillant, faire mon choix parmi les chocolats, dragées, papillotes, réglisses et autres sucreries en étalage. Instaurée dès mes sept ou huit ans, cette habitude s'est poursuivie même après ma prise de poids. Il en aurait fallu bien plus pour qu'on me prive de ce moment tant attendu chaque semaine. Un sac de papier kraft à la main, il recueillait les bonbons qui, un à un, allaient s'y entasser. La seule règle à respecter était de ne pas le faire déborder. J'avais droit à tout ce qu'il pouvait contenir, pas à une friandise de plus. Je n'essayais plus de forcer la note depuis que j'avais réussi à déchirer le sac en poussant pour y enfoncer une ultime lune de miel. Tout le contenu s'était alors répandu sur le plancher du commerce et mon père, mécontent, m'avait puni en coupant court à mon privilège cette semaine-là.

C'était un de nos moments en tête à tête qui me remplissait de joie. Parfois, nous ne parlions pas sur le chemin du retour, occupé que j'étais à déchirer les emballages avec mes dents ou à mastiquer une gomme géante, mais notre complicité existait et c'est tout.

Aujourd'hui, en laissant fondre une confiserie sur ma langue, je reconnaissais, l'espace d'une minute, mon ancien attrait pour la gourmandise. Réminiscence douce-amère. Elle me renvoyait à cette trop rare connivence entre père et fils tout autant qu'à mon passé d'enfant replet.

5 juin

Hier soir, je suis allé boire un verre avec mon bon ami Christophe. C'est d'ailleurs lui qui va m'aider à déménager dans trois semaines. Il a ce visage grevé propice à rebuter. Mais si de prime abord ses cicatrices d'acné retiennent l'attention, elles finissent par se faire discrètes, voire négligeables après l'avoir vu s'animer quelques minutes. Son accent bon enfant, son sourire ravageur, qui fait naître des fossettes s'ajoutant aux petits creux sur ses joues, sa faconde et sa chaleur humaine en font un compagnon hors pair.

Moi, j'ai bien failli me ramasser une jolie brunette, mais au moment de l'inviter pour la nuit, je me suis souvenu de ma situation délicate. À regret, je dus me contenter de prendre son numéro de téléphone, que Christophe tenta aussitôt de me subtiliser, avec envie.

Je lui conseillai de s'abonner à mon centre de conditionnement physique s'il voulait rencontrer des jolis minois. Il m'arrive rarement de nouer des relations là-bas, mais je dois l'admettre, les beautés bien galbées y abondent. Christophe me rétorqua qu'il n'aimait guère ces endroits. À ses yeux, ce sont des univers étranges. Tout cet attirail : les tapis roulants, les exerciseurs elliptiques, les roulettes du genre cage à hamster et les appareils de musculation conçus pour sauver les muscles menacés par l'atrophie, le laisse froid.

Je finis par convenir avec Christophe qu'il y avait d'autres lieux de rencontres valables où il pourrait bien se dénicher la perle rare ou la fille d'un soir selon son désir.

8 juin

Nous avons eu droit à un souper de famille animé ce soir, pour l'anniversaire du mari de ma tante qui fête ses 70 ans. J'eus du mal à détacher mon regard de cet oncle durant le repas. Diabétique, il offrait un spectacle de choix. Même à demi aveugle, malade et un bout de pied en moins, ce colosse de 1 m 90 aux larges épaules avait encore un sacré coup de fourchette, au propre comme au figuré. En effet, tout son corps semblait se mouvoir avec peine. Son handicap visuel l'obligeait à quémander assistance. Son air trahissait l'amertume d'un vieillissement pénible et dû à tous ses excès. Il était surveillé de près par sa femme, par sa fille et, de façon plus périodique, par son médecin de famille. En temps normal, cet inconditionnel des chaînes rapides devait s'astreindre à un régime strict et peu sapide.

Pour ce raout, qu'il attendait depuis des lunes, ses proches avaient levé l'injonction sur sa diète. Et je le regardais manger non sans fascination. Sa main droite semblait reprendre vie et contrôler son ustensile en usant de précision et de tact. Ses iris fixés sur les plats qu'il devinait, moitié par l'odeur, moitié par de vagues lueurs familières, sa bouche goulue pratiquant une manducation effrénée; tout son corps paraissait en éveil, en alerte et tendu vers la nourriture. Il l'ingérait avec application comme on savoure un rendez-vous galant aux côtés d'une flamme de longue date avec laquelle on renoue. Même le vin blanc acide que ma tante avait choisi pour accompagner les plats trouvait faveur à ses yeux. Je devais lui ressembler lorsqu'enfant, je me gavais moi aussi pour oublier mes rondeurs et faire taire l'écho des sarcasmes essuyés ce jour-là. Les compliments et les câlins de ma mère n'y changeaient rien. J'étais un dodu, un lourdaud, un perdant qui attendait d'être à la maison, seul, pour prendre sa revanche et vider le frigo comme on se vide le cœur, sans ménagement.

12 juin

Je me sentais en verve ce matin lorsque j'ai rencontré un acheteur à la fois attiré par une maison, mais très indécis. J'ai appliqué à la lettre les leçons apprises dans mon cours d'agent d'immeuble en y ajoutant ma touche personnelle de pathos et mes talents de persuasion. Fin renard, je me suis lancé dans un panégyrique en règle de la demeure que j'avais à vendre, m'appliquant à la rendre attrayante, à la magnifier, à exalter ses atouts, à insister sur les aspects susceptibles de compter pour ce client d'allure un peu terne, père à temps partiel peu sportif, mais bourreau de travail, selon les informations glanées mine de rien au fil de la visite. Peu à peu, j'ai senti son intérêt se confirmer. Je l'ai conforté dans tous ses préjugés, secondé dans ses impressions. J'ai suivi son raisonnement en me moulant à ses opinions pour l'entraîner discrètement, avec beaucoup de doigté, vers la signature de l'offre d'achat qui seule m'importait. Je connaissais le vendeur : le prix offert serait accepté tel quel. Mais j'ai feint le scepticisme, l'embarras, je me suis trituré le menton d'un air songeur, mi-déçu, en accucillant son prix comme une entente à l'arraché. À ma façon, comme mon père, mais dans une sphère différente, je me suis servi de mes aptitudes pour le théâtre. Et ça a très bien fonctionné. L'homme est reparti, sourire aux lèvres, sûr d'avoir fait une bonne affaire et moi, j'ai la conviction de lui avoir soutiré le plus d'argent possible pour cette résidence mal-aimée, sur le marché depuis trop longtemps déjà.

Au moment de remplir les papiers pourtant, j'ai senti mon cœur s'emballer. Une cadence étrange, dissonante, inconnue. Peut-être devrais-je espacer mes séances d'entraînement ? J'en exige trop à mon corps parfois… La jeunesse n'est pas garante de tout. Quand j'ai apposé ma signature aux côtés de celle l'acheteur, une fraction de seconde durant, je me suis projeté dans le futur. Décor de « Salon du livre ». Rumeur de la foule. Je suis assis à une table garnie de mes romans, plume fontaine à la main, devant une file sagement alignée. Chacun attend son tour, chacun réclame mon paraphe accompagné d'un petit mot personnalisé qui apportera une plus-value à leur achat. Sus à ce genre de rêverie ! Non seulement ces scénarii m'affectent physiquement, mais ils me font miroiter un avenir doré tout sauf assuré. C'est peut-être ça que l'on désigne sous l'expression : « se faire un sang d'encre » ?

Cet ennui passager a vite été relégué au loin. J'ai une autre raison de me réjouir de cette journée lucrative; Magalie, une ancienne maîtresse, m'a donné signe de vie par courriel. Je lui ai téléphoné et on se rencontre ce soir chez elle, en ville. Je l'ai informé de mon emménagement imminent. Si nos étreintes s'avèrent aussi torrides que dans mes souvenirs, je vais peut-être lui laisser un double de mes clés. Ce genre de fille sympa, sexy et pas sentimentale pour deux sous, sait donner et prendre du plaisir tout en ne s'éternisant pas le lendemain matin ou en ne se formalisant pas si je file en douce après lui avoir déposé un baiser au creux du dos en guise de souvenir.

14 juin

Je suis un peu troublé depuis hier.

Pas par Magalie, avec laquelle j'ai pourtant passé une soirée puis une nuit mémorable. Non. C'est Gisèle, ma grand-mère paternelle. Une fois par mois environ, je vais la visiter au foyer où elle réside depuis deux ans. Gisèle est atteinte d'Alzheimer, mais à un stade peu avancé. Sa dégénérescence évolue plus lentement que prévu. Elle est bien traitée et les médicaments qu'elle doit ingérer ralentissent efficacement l'avancée inéluctable de la terrible maladie.

Elle a aussi des jours meilleurs que d'autres. Lorsque j'y suis allé hier, elle m'a semblé en forme. Maman est touchée par mon attention envers sa belle-mère. Elle-même s'efforce de lui rendre visite tous les samedis. Mes visites mensuelles la dispensent d'y aller la semaine où je vais la voir. Elle doit penser que je fais cela dans le but de lui alléger sa corvée, en bon fils intègre, mais en vérité, ma démarche demeure plutôt égoïste. J'ai toujours aimé Gisèle chez qui je retrouve plusieurs traits physiques et moraux de mon père jusque dans ses intonations et sa gestuelle. Depuis son diagnostic, je ressens une certaine urgence à profiter de cette mine de connaissances sur les us d'une autre époque, sur le passé de ma famille et sur mon père en particulier. Je prends plaisir à l'écouter me raconter ses souvenirs de jeunesse pour lesquels sa mémoire paraît encore solide, moins capricieuse enfin que pour les événements récents de son existence, du reste peu nombreux et d'intérêt mitigé.

Hier, elle déplorait de ne plus être en mesure, comme avant, de faire ses mots fléchés. Elle aimait garder ainsi son esprit alerte. Jadis, chaque matin se présentaient de nouveaux défis à l'intérieur des pages de son journal. Ma mère aussi est passionnée de ce genre de passe-temps, lui assurai-je.

— Quand j'étais coincée sur un mot, j'allais chercher mon dictionnaire analgésique, ça m'aidait presque toujours.

Je la repris gentiment.

— Gisèle, vous voulez dire, sans doute, un dictionnaire analogique ?

Je la questionnai ensuite sur l'enfance de mon père. En la ramenant ainsi sur le terrain du passé lointain, je lui permettais de retrouver ses aptitudes et sa dignité.

Puis, sans raison apparente, après avoir évoqué des détails sur un des méfaits de son polisson de fils, elle sembla se rappeler subitement un épisode autrement récent. Une des dernières visites de mon père avant son décès. Il s'était ouvert à elle d'un grand projet de roman sur le point d'être finalisé. Il lui avait fait promettre de garder le secret, tourmenté par le doute. Elle était la seule à avoir recueilli ses confidences. Il en avait déjà partagé d'autres avec elle par le passé. Connaissant son fils, elle savait que, pour les aveux de cette nature, il ne s'ouvrait qu'à sa propre mère en qui sa confiance était absolue. J'eus alors un mouvement de recul, effaré à l'idée que mon secret soit éventé, mais sans remarquer mon indisposition, elle poursuivit comme en elle-même :

— Tout doit avoir brûlé dans l'incendie, de toute façon. Bah… quelle importance !

J'acquiesçai avec empressement, en l'enjoignant de ne pas parler de ça à ma mère ou à d'autres. Après tout, c'était du passé. Il n'avait pas lieu de ressasser ces vieilles choses.

34

Mais, désormais, je ne pourrai m'empêcher de craindre cette infortunée en espérant tout bas que l'Alzheimer fasse son œuvre et espace ses moments de lucidité. Suffisamment à tout le moins pour discréditer ses affirmations auprès des visiteurs réguliers, de plus en plus rares.

23 juin

Week-end de camping.

Aux environs de la St-Jean, Christophe et moi avons pris l'habitude de nous offrir deux jours de vie au grand air. Cette année, nous devons compter sur son seul équipement de camping, n'ayant pas encore renouvelé le mien abîmé dans l'incendie. Il était question que Magalie nous accompagne avec une de ses amies, mais elles se sont désistées à la dernière minute. Qu'importe ! Je suis habitué à vivre ce périple entre gars. C'est aussi bien ainsi. Avec les filles, on aurait été obligé de se retenir un peu... dans la nature de nos blagues, notre tenue vestimentaire, notre hygiène, notre consommation d'alcool ou nos exhalaisons digestives, notamment. Christophe, par contre, est assez déçu de la tournure des événements. Il espérait beaucoup la venue de cette Sandra que je lui avais décrite comme une beauté black. Je le consolai en lui promettant une sortie à quatre au retour, en doutant intérieurement de la possibilité de cette rencontre. D'après Magalie, Sandra aimait plutôt les méris à la peau de pêche, soit un type plutôt éloigné de Christophe. Mais je ne sentais aucune urgence à lui ôter ses illusions. Elles rehausseront son humeur durant ces deux jours où j'aurai à le côtoyer en continu !

24 juin

Le temps est au beau fixe. Par acquit de conscience, on a installé une bâche bleue au-dessus de notre emplacement, mais elle ne sera pas utile sinon pour ajouter un peu d'ombre au site à découvert. On a canoté tout l'après-midi sur la petite rivière qui serpente autour de la région.

25 juin

Aux environs de notre campement gisent plusieurs galets polis de forme oblongue. Je me suis penché pour en ramasser quelques-uns, malgré les boutades de Christophe sur ma puérilité, avec l'idée de me faire un mini bestiaire façon Pellan.

Ce geste anodin me ramène des années en arrière. Chaque été, nous allions en vacances camper dans un endroit différent. Tout était alors propice à devenir butin. Les menus déchets, cannettes ou morceaux de plastique aux coloris vifs abandonnés dans l'herbe, les roches claires, blanches ou irisées devenaient à mes yeux des pierres précieuses ou des trésors à rapporter sans faute dans mon grand seau, témoins de mon séjour cette année-là.

Je les triais par ordre de grandeur, de forme ou de teinte et le dernier jour, je devais toujours à regret me résoudre à jeter du lest; accepter de me départir d'une fraction de mon magot, car mes parents voyaient d'un mauvais œil que mes gravats accaparent l'espace de rangement de la voiture.

Il est frappant de constater à quel point, une fois adulte, notre regard change à ce sujet. La plupart des gens vont considérer futile la constitution de ce genre de trésor ou cet attachement pour des fruits de la nature aussi communs et donc – si l'on se réfère à la loi de l'offre et de la demande – sans valeur véritable.

28 juin

Mon déménagement est imminent. Contrairement à la plupart des gens, peu de boîtes s'accumulent en prévision du jour J. Les assurances ont remboursé déjà en bonne partie la majorité de mes avoirs. Mais, je ne veux pas encombrer le réduit dont je dispose pour l'instant et j'ai préféré reporter au mois de juillet le rachat de plusieurs biens. Quelques vêtements, quatre caisses de matériels audio et informatique neufs, des CD dans leur emballage original, cinq livres et mon manuscrit constituent l'essentiel de mes possessions. J'ai déjà commandé mon canapé et j'ai en tête l'endroit où j'achèterai d'ici trois jours mes électroménagers à bon prix et quelques autres meubles.

Ma mère a déniché un condo neuf des plus coquets à proximité de son ancienne maison. Elle hésitait à redevenir propriétaire, mais l'idée de voir disparaître des centaines de dollars chaque mois en loyer la rebutait. Je lui donnai raison en soulignant le peu d'entretien et de tracas que comporte ce type d'habitation comparé à son unifamiliale vétuste au terrain démesuré. Se sentant peut-être vaguement coupable de casser maison, même si ses deux enfants sont grands et autonomes, elle a bien insisté sur deux détails : la présence d'une chambre d'ami et d'un bureau transformable en chambre d'appoint. Je serai toujours le bienvenu en cas de problème, m'a-t-elle assuré de son chaud timbre maternel. Elle a déjà acheté un matelas et un lit de bébé en prévision du jour où elle aura son petit-fils à coucher.

Son amour maternel me réconforte et m'agace à la fois. En ce moment, je vise l'émancipation en tâchant de me dégager de cet attachement tendre, de ces mots doux, de ce giron matriarcal devenu à la longue un peu envahissant, dans la foulée du décès de mon père.

L'amour n'aime pas le vide. Il cherche par tous les moyens à combler la place laissée vacante par l'absence, la fuite ou, dans le cas de ma famille, par la mort. Ma mère s'est sentie investie du devoir de nous aimer pour deux. Son amour a bourgeonné, a su étendre ses ramifications, telle une gerbe de vivaces qui prolifère après le déracinement de plants voisins. De ses inflorescences, elle nous a entourés moi et ma sœur, elle nous a prémunis contre les assauts extérieurs, mais toute cette effusion a fini par nous étouffer. Ma sœur, la première, a montré des signes d'impatience dès la fin de son adolescence. Avec un enthousiasme teinté de délivrance, elle a décidé d'entreprendre un baccalauréat dans une université lointaine offrant des résidences étudiantes à bas prix. Je n'ai pas eu le même cran – je dois l'admettre – mais lorsque l'on a commencé à me traiter de *Tanguy*, je me suis décidé à agir.

3 juillet

Ça y est. Tout est finalisé, ou presque. Le déménagement s'est bien déroulé. Je suis installé à peu près convenablement à part deux ou trois meubles manquants. Christophe m'a aidé à repeindre les murs en échange d'un peu de pizza et de cervoise. Mon nouveau portable est déjà installé et je vais enfin pouvoir commencer à m'atteler au grand Œuvre : la retranscription, mots pour mots, du manuscrit.

En revenant du travail, je sortis délicatement le texte de sa pochette. Je renouais avec lui après trop de reports. Le brouhaha des derniers jours se calmait, laissant place au recueillement nécessaire. Je repris la lecture de mes passages préférés. En haut de certaines pages, des dates étaient griffonnées. Je n'y avais jamais prêté attention. Elles me semblaient jalonner l'écriture des différentes parties du roman. En décryptant ces chiffres parfois illisibles ou formés hâtivement, je pourrais estimer le temps consacré par mon père à la rédaction de son ouvrage.

La première date ne figurait pas sur la page inaugurale, comme on aurait pu s'y attendre, mais en haut de la troisième. Je reconnus l'année de ma naissance, non sans m'étonner.

Mais le jour précisé (12 février) en était antérieur de plusieurs mois. D'autres annotations démontraient que le manuscrit avait été laissé de côté durant de longues périodes allant de une à trois années, voire parfois davantage.

À la dernière page, précédent le dénouement, était tracée finement entre parenthèses 11 mai 1992 – l'année sombre de sa mort. Là encore, je ne pouvais tirer aucune conclusion ou échafauder d'hypothèses, car son décès était ultérieur de plusieurs mois à cette date printanière.

Près de quinze années, entrecoupées de multiples pauses, avaient donc été nécessaires à mon père pour accoucher de ce véritable travail d'orfèvre. Des sections du texte portaient encore les marques de ratures effacées ou toujours bien visibles, des pans entiers étaient caviardés. Les corrections abondaient. On pouvait humblement s'incliner devant les résultats de tant de relectures, de peaufinage, de ciselures effectuées sur le manuscrit, par les marques de crayon sur ce papier palimpseste. À la lecture, ces efforts devenaient indétectables, le style coulait, s'étalait en une fluidité sans égal.

4 juillet

Dix pages sont déjà retranscrites. Ça paraît peu sur les 321 que compte le manuscrit. Mais le souci de bien reproduire le texte avec exactitude, sans en changer un iota, sans inclure de mots ou de passages biffés maladroitement, en saisissant tous les termes, toute la poésie infuse, dans une volonté de fidélité absolue, m'a exténué. Je le sens, je ne pourrai pas soutenir ce rythme jusqu'à la fin. Le processus d'appropriation n'est pas étranger à ma fatigue. En m'arrogeant le fruit du labeur paternel, je dois aussi faire taire mes remords. Ce n'est pas tant par mes lectures avides, mais par le recopiage minutieux que je fais mien ce texte, l'incorporant ainsi à mon bagage atavique de romancier par procuration ou par… filiation.

J'en étais à la septième page quand une mélodie soudaine couvrit le bruit discret du pianotement sur mon clavier. Ça venait de dehors. Dans la fébrilité de mon activité, j'y accordai peu d'attention, mais je restai néanmoins transporté jusqu'au soir par les douces intonations un peu mélancoliques de cet accordéon, longtemps après qu'elles aient cessé.

7 juillet

Ma mère est venue me rendre visite aujourd'hui. Elle a semblé satisfaite de mon installation, déplorant seulement l'absence de repères. Tous mes meubles lui sont inconnus, sans patine, sans mémoire (à tout le moins, sans histoire dont notre famille peut témoigner).

Ces dernières années, alors que l'idée de mon départ commençait à s'imposer d'elle-même tout doucement, elle se réjouissait à la pensée de me céder telle table d'appoint, tel tableau abstrait ou cette commode bien aimée. Ils ne connaîtront jamais de second foyer. Chez elle, même constat. Des pièces décorées avec goût, mais aucun bibelot, aucune nappe ou aucun mobilier reconnaissable; des lieux esthétiques, mais déracinés.

Je lui servis un *latté* concocté par ma nouvelle machine expresso de marque italienne. Après en avoir bu une ou deux gorgées, elle me regarda, hésita quelques secondes puis me lança :

— Je... suis allée voir belle-maman ce matin. Elle va... bien ! Elle m'a paru en pleine possession de ses moyens. Tu sais... une chose me préoccupe. Elle a parlé d'un certain texte, un roman assez substantiel en fait, écrit par ton père il y a longtemps. Es-tu au courant ?

— Oui, oui, j'en étais sûr ! Elle a tout compris de travers ! La pauvre. C'est pareil lorsque j'y vais. Je lui parle, elle me semble alerte, me répond du tac au tac puis à un certain moment, son regard devient absent et elle commet des impairs de sens ou de langage, bref elle déraille, et c'est ce qui a dû arriver en ta présence.

J'étais nerveux. Il fallait que je rajoute quelque chose, que j'enfonce le clou et lui précise ma version des faits.

— Vois-tu, elle confond les gens ! Lors de ma dernière visite, je lui ai fait part d'un grand projet d'écriture romanesque.

Son regard s'agrandit, je plongeai.

— Oui, maman, je voulais attendre avant de t'en parler, attendre d'être un peu plus avancé dans la rédaction de mon histoire, mais les allégations saugrenues de Gisèle précipitent mes aveux. J'ai décidé de lui confier ce secret en premier, car je sais qu'elle n'en a plus pour longtemps. Son fils s'appelait Sébastien, son petit-fils, Bastien. Après ma déclaration, la discussion a glissé vers le souvenir de papa. La confusion a fait le reste.

Elle me toisa avec sérieux puis parut rassurée. Mes explications paraissaient crédibles. Son discours se teinta aussitôt de fierté maternelle pour ce fils aux velléités nobles. La surprise initiale s'estompait au profit d'un sentiment d'adéquation entre l'image qu'elle entretenait de moi et le dessein tout juste dévoilé. Elle me serra dans ses bras en marmonnant quelque chose comme : « Tu es bien le digne fils de ton merveilleux père », bien que je ne sois pas trop sûr d'avoir entendu « vieux » ou « merveilleux ».

Avant de partir, elle me pressa de lui en divulguer au moins le titre ou le sujet. Je prévoyais cette avidité d'en apprendre davantage, mais réussis à me museler suffisamment pour ne laisser filtrer que le thème général, le milieu dans lequel se déroulait l'intrigue soit le domaine de l'imprimerie. Elle parut désappointée, traduisant son sentiment par ce clignement de paupière suivi d'un mouvement oculaire quasi imperceptible que j'étais le seul à savoir déchiffrer. Il me plaisait de contempler son scepticisme, car je savais le jour prochain où celui-ci se métamorphoserait, à la lecture du roman *Le Défet*, en pur ébahissement.

J'espère désormais ne jamais avoir affaire à Gisèle en compagnie de ma mère. La situation serait pour le moins compromettante, l'Alzheimer ne pouvant tout de même justifier n'importe quoi. C'est une chose de jouer à l'auteur devant tout un chacun, mais devant Gisèle, même mentalement diminuée, devant cette génitrice de mon père, créateur de l'œuvre, je me sens tout à coup bien petit et en un sens coupable. Pourquoi risquer des sueurs froides ? À éviter donc à tout prix : rencontre maman-Gisèle-Bastien. Voilà, c'est noté.

9 juillet

Solène m'a appelé hier. En passant par maman, elle a eu mon nouveau numéro. J'avais omis de le lui transmettre par négligence. Avec un sens du protocole un peu suranné, elle m'a félicité d'abord pour mon nouveau chez-moi et pour ma décoration intérieure. C'était assez réussi, paraît-il (comprendre : maman a jacassé). Elle en profita au passage pour me souhaiter inspiration et persévérance dans mes projets d'écriture et aussi beaucoup de chance pour l'étape de l'édition, en ravalant un gloussement narquois.

Puis, elle m'a entretenu un bon dix minutes du troisième trimestre de sa grossesse. Tout ne se déroulait pas comme prévu et cela la contrariait. Dû à un risque de détachement (ou de décollement ? ou quelque chose d'approchant) du placenta, elle devait passer les deux derniers mois allongée au lit, en se ménageant le plus possible.

Tout ce charabia m'ennuyait, mais à l'idée de voir ma sœur hyperactive clouée au lit durant des semaines à titre préventif à se laisser choyer par son conjoint et sa belle-mère habitant non loin, c'est *Alexandre le bienheureux* qui me venait à l'esprit. Cette analogie me fit sourire et pour y faire écho, je lui suggérai de s'équiper d'un petit chien et d'un panier pour lui faire jouer le rôle de commissionnaire. Elle ne sembla pas apprécier mon humour.

10 juillet

Cette fois, je n'ai pas résisté à son appel. La petite musique, devenue familière après une quatrième audition, a retenti ce matin encore pendant ma saisie du manuscrit à l'ordinateur. J'avance à pas de tortue dans ma tâche. J'en ai des fourmillements aux doigts. Est-ce une forme précoce d'arthrite ? Une sorte de myalgie ? Cette douleur diffuse s'empare de mes mains sitôt attablé devant mon traitement de texte.

Je rejette l'hypothèse idiote d'un châtiment d'outre-tombe, en maudissant mes lectures trop nombreuses sur Toutankhamon. Néanmoins, je constate un fait. Il est dans l'ordre des choses de souffrir pour mettre bas une œuvre. Je nous imagine soudain, moi et ma sœur, au même hôpital sur des lits voisins, à hurler au rythme de nos contractions respectives. Le personnel ne sait plus où donner de la tête : il y a quiproquo. « Poussez monsieur ! Allez, on voit déjà les cheveux ! »… « Encore un effort, madame ! La page couverture est coincée ! On va utiliser les forceps pour dégager la tranche et le reste du livre suivra ! »

La petite musique lancinante me tira de ma rêverie lamentable. Le répertoire de ce récital comporte quatre ou cinq mélodies, toujours les mêmes. Elles s'élevaient dans la brume matinale et s'engouffraient par ma fenêtre ouverte. On aurait pu les qualifier de *largo*, d'*andante* ou de *larghetto sostenuto*, mais sous cette diversité, un dénominateur commun : l'absence d'intonations joyeuses ou légères. Maniant l'accordéon avec maestria, l'auteur de ces notes devait avoir connu bien des tourments ou des revers de fortune pour exceller ainsi dans l'art de faire ressentir le spleen, de rendre palpable la fragilité de la vie avec une acuité si redoutable.

Je me suis levé sans bruit et j'ai longé le mur jusqu'à la porte arrière. Je tenais à passer par la venelle pour arriver discrètement. On ne surprend pas, on ne cherche pas à effrayer une personne aussi sensible qui partage sa musique avec tant de candeur.

La ruelle où donnait ma fenêtre de chambre débouchait sur un trottoir assez large. Non loin de là, un peu en retrait, un homme d'âge mûr, au visage raviné, jouait ses airs tristes sur un accordéon défraîchi. Installé sur un tabouret pliant, vêtu d'oripeaux, de grosses poches sous les yeux formaient deux demi-lunes parmi d'autres replis. Son expression neutre, toute en retenue, contrastait avec l'émotion dégagée par sa musique.

Je l'écoutai un bon moment sans bouger, puis fouillai le fond de ma poche pour y attraper un dollar ou deux dans l'intention de les lui glisser dans son chapeau. Mais, j'eus beau chercher et scruter les environs de l'artiste, il n'y avait aucun couvre-chef retourné, aucun contenant à obole. De plus en plus mystifié par ce personnage qui semblait se désintéresser du profit malgré un visible manque de ressources, je commençai par me racler la gorge pour attirer son attention, sans succès. Il termina enfin son dernier morceau, ferma son instrument en amarrant la languette de cuir à son petit crochet puis fit mine de se lever de son banc, mais une douleur fulgurante sembla le saisir et il dut se rasseoir aussitôt en portant la main à sa fesse droite. Il frotta avec énergie le dessous de sa cuisse dans un mouvement me rappelant celui de ma grand-mère aux prises avec sa sciatique. Lorsque je le vis jeter un coup d'œil à son poignet puis prendre un air contrarié devant l'absence de montre (assez récente pour qu'il ait encore le réflexe de lorgner sa manchette), je résolus de m'approcher.

— Il est moins quart, presque moins dix, monsieur !

D'un air un peu ahuri, il me détailla du regard, le menton relevé. Puis, il me remercia en ramassant sa chaise pliante pour s'apprêter à quitter les lieux. Je ne savais comment le retenir sans paraître importun.

— Heu... Je voulais vous dire... j'apprécie beaucoup votre musique. Enfin, c'est préférable au bip-bip d'un réveil matin pour se faire tirer du lit !

Je me sentis aussitôt idiot et tâchai de me racheter en lui pointant la fenêtre de la ruelle à quelques mètres de là.

— C'est là où j'habite depuis le début du mois. J'ai eu l'occasion d'entendre vos accords à trois ou quatre reprises.

Vous venez régulièrement ici jouer sur votre accordéon ? Depuis longtemps ? Êtes-vous un musicien professionnel ?

— D'abord, jeune homme, fit-il, après s'être éclairci la voix, je suis flatté que vous me preniez pour un musicien professionnel. Non, j'aurais bien aimé, mais les aléas de la vie ont plutôt fait de moi un météorologue.

— Ah bon ! Et… que prévoyez-vous pour cette semaine ? Cette canicule va-t-elle durer ?

— Je ne travaille plus en ce domaine. En fait, je suis retraité.

Il marqua une pause et je m'apprêtais à le relancer lorsqu'il consentit à en dire davantage.

— Je me contente de jouer de l'accordéon et de prendre soin de mon jardinet. Eh ! je jouerais volontiers de la musique chez moi ou dans ma petite cour, mais j'ai un voisin particulièrement intolérant face aux bruits alors, après avoir cherché, j'ai fini par trouver ce coin tranquille de trottoir, ombragé par un chêne magnifique, à deux rues de chez moi, où je n'ai encore reçu aucune plainte jusqu'à aujourd'hui.

Il semblait pressé par quelque engagement, car il me salua ensuite pour disparaître, son banc sous un bras et l'accordéon en bandoulière. À peine lui avais-je dit : « Au revoir ! À… à bientôt » qu'il avait tourné le coin de la rue.

14 juillet

Depuis une semaine, Christophe me somme de tenir ma promesse de le présenter à Sandra. Je ne sais trop comment me tirer de cette impasse. Je ne vois plus Magalie. Elle ne retourne plus mes appels depuis mon commentaire direct sur ses poignées d'amour. Peut-être a-t-elle rencontré un autre homme ? Au fond, ces fréquentations me distraient trop de mon manuscrit. Il n'est pas mauvais de les espacer.

Les ventes de maison stagnent en cette période de vacances. Les rentrées d'argent sont plus maigres. Je me sers la ceinture et distribue mes cartes professionnelles ici et là en attendant des jours meilleurs.

En matinée, le type de l'autre jour m'a encore gratifié de ses aubades. Moins gêné que la première fois, je suis monté l'entendre en m'installant sur les premières marches de l'escalier spiralé de mon triplex. De si bonne heure, il n'était pas étonnant de ne voir personne s'attarder autour de lui. Les quelques passants empruntant ce trottoir le faisaient d'un pas empressé, absorbés déjà par leur travail ou leurs obligations. Ce n'était pas un moment propice aux concerts et pourtant, si j'étais touché à ce point par la musique de cet homme, je ne devais pas être le seul. Les autres se contentaient peut-être d'en entendre les accents portés capricieusement par le vent, dans le confort de leur logis ou encore, les considérant comme une nuisance sonore, fermaient leurs fenêtres en attendant le retour du silence ?

Il me reconnut et la conversation s'engagea plus spontanément après sa dernière mesure. Rien ne semblait le presser cette fois. Il m'a paru plus détendu. J'ai même eu la chance d'essayer son instrument, ne parvenant à en tirer que des sons discordants.

19 juillet

La nuit passée, j'y ai encore goûté. Ce genre de cauchemar bref, mais intense, retarde le retour de mon sommeil et accentue mes cernes sous les yeux le lendemain. On peut s'attendre à ce genre de désagrément après avoir connu un péril tel un incendie, paraît-il. Rien de bien original : des flammes géantes dansent devant mes yeux, accompagnées de crépitements assourdissants. Une angoisse palpable s'aiguise, s'entremêle à la fumée et me ceint, m'enserre de son étau. J'étouffe... et je me réveille en stupeur. Picotements aux aisselles et accélération subite de mon rythme cardiaque me font réaliser toute l'émotion instillée par un simple rêve.

Sans devenir obsessionnel, ce rêve est revenu au moins quatre fois hanter mes nuits depuis deux mois. Peut-être ne faut-il y voir aucun lien, mais j'ai développé, à la suite de mon déménagement, un rituel de vérification avant d'aller au lit le soir. Aucune lampe ne doit demeurer allumée. Je vérifie particulièrement celle du salon. Elle chauffe davantage et touche presque au rideau de la fenêtre. Les ronds du poêle et l'élément du four doivent être bien éteints. Je démêle au besoin les cordons du grille-pain *vintage* d'avec ceux du vieux mélangeur offert par les parents de Christophe, trop heureux de s'en débarrasser, dont les fils me paraissent usés et cassants. Une fois sur deux, je néglige pourtant de verrouiller la porte avant pour la nuit. Mes craintes se fondent essentiellement sur les risques d'incendie. En revanche, intrusion de domicile, meurtre, cambriolage et autre méfait ne me causent pas d'inquiétude, même si le quartier où j'habite désormais est moins sécuritaire que mon ancienne banlieue.

22 juillet

Ma mère est venue me porter de la ratatouille et des confitures maison.

C'est gentil de sa part, mais je ne mange à peu près jamais ni de l'une ni de l'autre. Une excuse, peut-être pour venir me rendre visite. Je n'avais pas beaucoup de temps à lui consacrer au moment où elle a fait irruption chez moi sans prévenir. Je m'escrimais à recopier le manuscrit – toujours cette myalgie aux doigts – et dans ma hâte pour le dissimuler avant d'aller ouvrir, j'en mélangeai quelques feuillets. J'en fus quitte pour un surcroît de travail après son départ. Le désordre peut fort bien régner dans certains coins de l'appartement, mais jamais je ne tolérerai qu'un feuillet de mon père ne s'égare.

J'ai finalement refilé les conserves à Léon, l'accordéoniste venu prendre le café chez moi l'autre midi. Il a semblé reconnaissant et fort alléché par ces petits pots joliment présentés, avec leur rondelle de tissus à carreaux comme housse de couvercle et leur ruban de raphia. J'ai appris son nom par hasard. Il ne s'était pas encore présenté à moi – ni moi, à lui – malgré nos multiples rencontres. L'autre jour, je suis sorti l'écouter, peu avant la fin de son concert. Une dame d'un certain âge tournait le coin de la rue en s'appuyant sur sa canne. Elle a relevé la tête et lui a adressé un chaleureux Bonjour Léon ! Il s'est contenté de fermer les yeux en étirant le menton avec ostentation vers le sol. J'ai interprété ce signe comme une forme de salutation respectueuse. Absorbé par les dernières notes de sa mélodie, faisant corps avec son instrument, il ne pouvait lui envoyer la main ou lui répondre. Ses récitals se déroulaient toujours dans le plus grand sérieux. Je l'avais remarqué et m'abstenais de lui adresser la parole avant la fin de ses derniers accords.

C'est avec plaisir qu'il accueillit mon invitation à prendre un café. Du reste, ma demeure se confondait quasiment avec son arrière-scène. Avant de me suivre dans mon modeste quatre et demi, il scruta le ciel avec intérêt et se tourna vers moi en m'enjoignant d'en faire autant.

— Vois-tu petit, me dit-il comme si j'étais encore gamin, regarde là-bas au loin la formation nuageuse, aux chatoiements irisés. Eh bien, cela me rappelle un phénomène atmosphérique rarissime. J'ai eu la chance de l'observer en Antarctique, il y a plus de vingt ans. Je participais alors à une mission scientifique avec des Australiens à la station de Mawson. En ce temps-ci de l'année, justement, lorsque le mercure descend au plus bas dans l'autre hémisphère, les nuages nacrés se forment. Leur naissance nécessite une conjonction de circonstances extrêmes; froid atteignant les -80 °C, vents soufflant à 230 km/h, forts courants stratosphériques à plus de 10 km du sol. La lumière est alors filtrée par les cristaux de glace et dans la lueur du soir, ils apparaissent, telles de fines ouates filamenteuses aux reflets opales. C'est... c'est parmi les plus belles choses qu'il m'a été donné de voir au cours de ma vie.

Cherchant à lui montrer que, malgré mon air jeunot, j'avais assisté moi aussi à des spectacles célestes particuliers, je lui décris fièrement les aurores boréales, ayant pu en admirer l'année précédente dans les Hautes-Laurentides, mais il m'arrêta net et, d'un air désabusé, m'assura avoir vu un lot impressionnant de ces arcs lumineux tant en région boréale qu'australe.

— Ça vaut le détour, certainement, et ça crée de beaux effets, mais c'est sans commune mesure avec les nuages polaires stratosphériques.

Je commençais à être impressionné par ce personnage gorgé de connaissances, nimbé de mystère et revenu de tout.

25 juillet

Comment n'ai-je pas compris plus tôt !

Après tant de lectures et de relectures du manuscrit, après avoir complété les deux tiers de sa saisie sur ordinateur, à ce stade seulement, les dates en exergue de plusieurs feuilles me livrent leur secret !

Elles ne me signifiaient rien de particulier, me permettant simplement de dater la genèse du roman et de relever les nombreuses pauses intercalées. Or, j'avais tout faux ! La datation, pour une raison qui m'échappe, était faite en mode numérique selon le modèle anglais. Je m'en suis rendu compte grâce à la seule date mentionnée, ultérieure au douzième jour d'un mois. Étrangement, mon père semblait écrire surtout en début de mois, mais c'est probablement un simple hasard. Lorsque je lisais par exemple, le 12 février, soit la première datation en troisième page, il fallait comprendre plutôt le 2 décembre 1978. Or, je suis né le 1er décembre, donc le roman avait de bonnes chances d'avoir été commencé à ce moment précis pour que la troisième page coïncide avec le lendemain. Et ce n'était pas le plus étonnant. À la dernière page, le 11 mai 1992, 11-05-92 se transformait désormais en 5 novembre, jour du décès paternel.

Ces datations *a priori* accessoires devenaient ainsi déterminantes. La conception de son roman était concomitante à la venue au monde de son propre fils, de la chair de sa chair, de cette autre forme d'opus. Et, quatorze ans plus tard, après avoir épuisé sa verve et son énergie dans cette œuvre maîtresse, dans ce travail d'orfèvre où, à son insu, il s'était abîmé, mon père a rendu l'âme telle la jeune femme du *Portrait ovale* d'Edgar Allan Poe. Ce qu'il avait insufflé à son roman pour l'élever à ce degré d'achèvement, il l'avait dérobé… à sa vie.

Les pensées se bousculèrent alors dans ma tête. Je réfléchissais à son triste sort, à son talent. Tant d'heures consacrées à un projet le menant droit à la tombe. Je songeais également à mon rôle comme élément déclencheur de ses velléités d'écrivain. Devais-je m'attribuer une part de responsabilité dans son décès ? En outre, dans le cas d'un infarctus inattendu comme le sien, peut-on seulement mesurer ou quantifier cette responsabilité ? S'étend-elle à tous les enfants de tous les pères finissant de la sorte ? Lorsque l'on devient parent, on doit s'habituer à subir un stress supplémentaire. Le rôle de préfet de discipline endossé alors durablement doit, à coup sûr, raccourcir de quelques années notre espérance de vie, et je n'étais pas tous les jours un ange.

Je restais pantois devant un tel concours de circonstances, devant le sacrifice suprême consenti par mon père pour la subsistance de son œuvre. J'en caressai les pages avec d'autant plus de dévotion... presque du mysticisme.

28 juillet

Léon m'a invité chez lui cette fois. Il m'avait tant vanté sa cour et son jardin. Avec raison : c'est une réelle curiosité ! Tout y est, mais en miniature; des chaumières de bois, un bain d'oiseaux, des girouettes, deux gnomes de jardin, des fontaines au murmure apaisant, un baromètre, un petit moulin et j'en passe. Des automates sculptés entrent et sortent de leur maisonnette munis, selon le temps, d'un parapluie ou d'une ombrelle. Un wagonnet serpente à travers le jardin dès qu'on actionne un bouton. Enfin, une profusion de plantes et de fleurs s'y épanouissent en harmonie. Il a installé un système d'irrigation souterrain très efficace pour alléger son entretien. Je suis resté un long moment à admirer ce microcosme féerique et à tâcher d'en estimer la somme de travail.

C'est lui qui brisa le silence.

— Après avoir perdu ma femme et mes trois enfants dans un accident d'avion, je suis venue m'installer ici. Mon énergie et mes temps libres ont été employés pour créer ceci. Ma tristesse, elle, s'est investie ou s'est exprimée tout entière dans ma musique. Je joue de l'accordéon pour demeurer en vie.

Il me débita ça d'un trait puis se tut en fixant une hémérocalle un peu fanée. Ces aveux lourds de sens semblaient lui avoir coûté assez d'efforts. L'homme ne parlait généralement pas pour rien dire.

J'étais légèrement mal à l'aise. Mais je saisissais mieux désormais la portée de sa musique et le sentiment qui m'avait étreint dès la première écoute.

— Je... suis désolé, me contentai-je de répondre.

Mais je m'assurai par le ton et les modulations de ma voix de lui communiquer par ces trois petits mots toute ma sollicitude et mon empathie.

Tout à coup, la perte hâtive de mon père m'apparaissait bien négligeable face à la quadruple tragédie qui avait frappé Léon Batala. Plus tard, peut-être, il m'en confierait les détails. Je sentais qu'aujourd'hui, c'était prématuré. Il me parla plutôt des astres et des planètes qu'il aimait observer avec son attirail scientifique. Sur ce point, je pouvais le suivre, m'intéressant moi-même à l'astronomie. En ville, il était ardu de voir quoi que ce soit, selon lui, mais lors de séjours à la campagne, il apportait toujours son télescope pour découvrir les beautés célestes de notre galaxie. Peut-être avait-il ainsi l'impression de se rapprocher un peu des membres de sa famille anéantie, qui sait ? Cette évocation m'est inspirée par un film des années 40, *Le crime de Monsieur Lange* de J. Renoir. Un des personnages principaux porte justement le même patronyme que Léon. Dans une scène précédant un moment clé, une chansonnette entonnée par un vieillard ivre va comme suit : *C'est la nuit de Noël, la neige tombe à gros flocons; les anges secouent leurs ailes, et allez donc, et allez donc, et allez donc ! Dehors, une étoile brille, c'est l'étoile Polaire, et la pauvre orpheline, debout sur son paquebot, dans les cieux qui scintillent, cherche sa pauvre mère; c'est la nuit de Noël, c'est la nuit de Noël.* Cette mélodie revient souvent me hanter. Elle caractérise une époque marquée par la religion, certes, mais recélant certains charmes dans sa poésie naïve et ses répertoires populaires.

30 juillet

Je me félicite de vivre à l'ère d'Internet. Pour un anxieux des flammes comme moi, il est rassurant de disposer de cet outil. Grâce à lui, je peux sauvegarder mon manuscrit devenu un volumineux document informatique. Chaque soir, avant de répéter mon rituel de vérification, j'allume mon portable et envoie à mon adresse courriel une copie, un *back-up* en jargon, du *Défet* en mentionnant la date. Ainsi, chaque jour, une portion un peu plus appréciable du texte est sauvegardée en lieu sûr, est éloignée de tout péril, se tapit dans un site virtuel, dans le cyberespace, pour en être retirée ou recopiée en temps voulu. Le texte est ainsi hors de portée des flammes, des inondations, bien à l'abri des intempéries comme des cambrioleurs qui pourraient le dérober en se sauvant avec l'ordinateur et toutes ses composantes, clé USB comprise et sur laquelle il aurait été peu utile d'en avoir sauvegardé une copie ! Que je me trouve au Japon, au Mali ou à Chibougamau, il ne me reste qu'à dégoter un ordinateur fonctionnel branché à Internet pour accéder à mon trésor.

3 août

Hier, je suis allé au musée avec Léon voir la rétrospective de l'œuvre d'un peintre québécois d'envergure. Nous déambulions dans les salles, en nous tenant à proximité l'un de l'autre. Il respectait mon recueillement devant les tableaux tout comme je respectais son silence admiratif. Parfois, il me signalait une œuvre par un commentaire élogieux. La même œuvre n'avait pourtant pas suscité chez moi pareil dithyrambe. J'acquiesçais alors mollement. À quoi bon étaler mes propres réserves face aux coups de cœur de Léon ?

L'incommunicabilité de l'émotion artistique est une réalité intangible depuis les balbutiements préhistoriques de l'art. On a beau parcourir des salles muséales à deux, main dans la main parfois, on est toujours fin seul devant un tableau ou une sculpture aimée. On peut tenter de transmettre notre émerveillement, de décrire sa nature, mais il est vain de croire que le message porte.

Comment aimer de la même façon que Léon, par exemple, ce paysage hivernal dont il se repaît avec un délice évident ? Un manteau de neige bleutée laisse voir partiellement les façades pimpantes qui bordent une rue animée, encadrée par un trottoir de planches. Perdues dans ses souvenirs, des parcelles de son enfance lui reviennent en mémoire à la vue de ce tableau. Il revoit les rues de son patelin. Flanqués de ces trottoirs de fortune, des traîneaux semblables à celui de la toile transportent les bambins emmitouflés. Tout un univers refait surface et fonde l'admiration béate l'étreignant soudain. Il a beau me raconter, m'expliquer, me faire une synthèse de ce que le tableau remue en lui, je demeure imperméable à ce flux d'émotion, n'étant pas en mesure de retrouver dans ma propre enfance quoi que ce soit d'analogue.

Par contre, un peu plus loin dans la même salle, je dois retenir mes larmes devant une peinture. Je suis galvanisé, c'est l'enchantement. Or, Léon s'arrêtera cinq secondes, presque distraitement devant cette huile sur toile. Mes remous intérieurs doivent lui sembler excessifs. Pourquoi alors, diable ! aller au musée accompagné ? Et bien... peut-être pour le café bu ensuite en toute amitié ou… pour l'impression boiteuse de partager l'impartageable.

J'ai acheté une reproduction à la boutique du musée, une affiche de bonne dimension destinée à être encadrée. Mon tableau fétiche n'était malheureusement pas disponible sous cette forme, mais ce second choix n'était pas mal du tout. Je dois pallier la nudité de certains murs de mon appartement.

Pour revenir chez moi, j'empruntai l'autobus avec Léon, car mon auto était au garage. Pendant le trajet, il me parla peu, mais me lança quelques sourires amusés à la vue de certains passagers. Moi aussi, je m'appliquai à observer les gens discrètement comme j'aime le faire dans le métro, au restaurant ou dans les attroupements en général. J'essaie d'imaginer leur vie, leur conjoint, leur genre de logement, de deviner leurs valeurs. Cet exercice me sert dans le cadre de mon emploi. Je tente aussi de me les représenter trente ou quarante ans avant et aussitôt, mon jeu devient follement amusant, car il transforme alors toutes les données. La vieille d'à côté redevient désirable, l'adolescent assis au fond disparaît, tout comme moi, l'homme en veston, avec sa mallette, se change en gamin aux culottes courtes et la *pin-up* debout qui se tient au pôle de métal se mue en nourrisson dans son landau. La vie est faite de tous ces instantanés. Le temps s'égrène avec lenteur lorsque l'on garde son nez collé sur sa montre, mais quarante ans de plus ou de moins, c'est aussi l'espace d'une vie.

Je pensai que c'était aussi grosso modo la différence d'âge qui existait entre mon nouvel ami Léon et moi. Il ne s'en formalise pas. Pourquoi m'en soucierais-je ?

7 août

Maman va bien. Je suis allé souper chez elle hier soir pour me faire pardonner ma relative négligence à son égard. Elle a paru enchantée d'apprendre que mon manuscrit avançait aussi promptement. Je lui ai demandé si elle aimait les météorologues. Elle a eu l'air surpris puis croyant voir clair dans mes propos, m'a répété sa rengaine habituelle : peu importait le parti, elle n'était pas intéressée à réintégrer un autre amoureux dans sa vie. Elle avait été la femme d'un seul homme, mis à part quelques flirts de jeunesse, *a posteriori* des broutilles et elle entendait se draper dans cette affirmation pour justifier son veuvage prolongé. À dire vrai, ce qui aurait été vécu comme un mode transitoire pour une autre avait tôt fait de devenir pour elle un statut immuable : veuve. Elle l'était devenue jusqu'au bout des ongles, jusque dans ses schèmes de pensées les plus enfouis.

Elle m'a donné deux photos envoyées par Solène de Vancouver. Après les avoir numérisées pour tenter de reconstituer un semblant d'album de famille, péniblement et avec d'immenses lacunes, elle jugeait que je devais m'approprier les tirages originaux. Les deux images avaient été prises à quelques années d'intervalle. Sur la première, nous nous tenons la

61

main, ma sœur et moi, devant le toboggan au parc du quartier. Mon autre main enserre fermement un petit pistolet de plastique noir à chien vert. Sur la seconde, j'ai trois ou quatre ans de plus. Accroupi, je flatte mon chien en souriant avec Solène à mes côtés. L'arrière-plan montre la cour familiale. Ces images me remplissent de joie par leur caractère serein, tranquille. Pour la première photo, je ne saurais dire, mais la seconde est assurément de mon père. On avait un nombre impressionnant de ces clichés pris dans la cour, devant les fleurs, près du cabanon de cèdre, du vieux bouleau ou encore grimpés dans notre module de jeux. En nous photographiant de la sorte, mon père en profitait pour immortaliser ses plates-bandes entretenues avec un soin jaloux ou ses constructions et ses rénovations réussies. Et, elles abondaient autour de la maison comme à l'intérieur.

Ce pistolet, je l'ai traîné avec moi une partie de mon enfance. Sa vue me remémora une cocasse habitude. C'était avant de souffler mes trois bougies. D'après les souvenirs de mon père, je ne me séparais guère de cette arme jouet et lors des ballades en auto, elle devenait indispensable. Équipé de mon pow-pow, confortablement assis sur la banquette arrière, j'attendais mon heure. Quand on approchait d'un feu rouge, je commençais à trépigner, à piaffer d'impatience, je relevais le chien à deux mains en me tenant prêt. La voiture décélérait pour enfin s'arrêter. J'entrais alors en scène; il me restait à bien viser les deux rondelles écarlates, bras tendus. Je devais m'appliquer; un mauvais calcul et tout était à recommencer.

— Pow !

Le feu changeait au vert et couronnait mes efforts. Je me sentais investi d'une mission : permettre aux autos de poursuivre leur chemin et contribuer à ce qu'elles se rendent à destination. Grâce à cette arme, dont jamais je n'aurais remis en cause l'aspect magique interrelié aux feux de circulation, j'étais tout puissant et nécessaire à la bonne marche du monde.

12 août

Ça y est ! Le travail de recopie est enfin terminée. À travers tout ce flot de mots, de phrases et de paragraphes minutieusement retranscrits, un infime détail manque : deux uniques petites lettres dans la signature finale. Le Sébastien Comtois élégamment tracé devient par le truchement du traitement de texte Bastien Comtois. Une suppression de taille puisqu'elle en change l'auteur. Dans ces deux lettres manquantes se dissimulent d'ailleurs d'autres lacunes, outre celles du don littéraire qu'il ne m'a pas transmis. Les photos retrouvées par Solène m'en ont cruellement rappelé le souvenir. Les multiples talents manuels de mon père, son habileté à créer des objets, des meubles, bref à tout rénover avec dextérité le hissaient, une fois de plus, au rang de référence dans l'entourage. On venait le consulter non seulement pour une question de théâtre ou de pédagogie, mais aussi pour un conseil de menuiserie.

J'hésite face au sort du manuscrit désormais inutile, voire compromettant. Dois-je le détruire ? le cacher ? en disposer de façon sécuritaire ? le passer à la déchiqueteuse du bureau ? Je finis par opter pour la solution la plus intelligente et la plus respectueuse, surtout, à mes yeux, de ce patrimoine paternel de haute valeur. Acquérir un coffre-fort résistant au feu et le déposer dans une enveloppe à bulles.

Je me dois de célébrer dignement l'événement avec mes amis. Pour moi, il s'agit de l'appropriation enfin complétée d'un texte, mais la raison officielle de la fête demeure bien sûr le point final apposé sur le manuscrit tout droit sorti de mon imagination. Il est temps de mettre mes amis au courant. Ils seront mieux préparés quand je leur annoncerai que mon roman sera publié, si tout se passe comme je le souhaite.

Seulement, mêler Christophe et Léon ne me semble pas la meilleure inspiration. D'abord, la cuite avec mon vieux chum, ensuite, la soirée vins fromages en compagnie de mon accordéoniste; ultimo, brunch ou café avec ma mère. Ainsi, chacun dans sa case recevra respectivement l'attention d'un Bastien au comportement adéquat.

18 août

J'ai réussi l'improbable. Sortir Léon de son registre mélancolique à l'accordéon. Devant mon insistance hier soir et après quelques verres de vin, il s'est exécuté, de guerre lasse. Le résultat fut assez étrange. D'abord, il a semblé à court d'inspiration, comme rebuté par l'obligation de puiser au-delà de sa mémoire vive. Puis, il s'est tourné vers moi, les yeux implorants et je ripostai d'un regard complice, approbateur. L'air à deux temps qu'il consentit à me faire entendre alors n'avait rien d'un rigaudon, mais recélait une gaieté discrète. Elle implosait à chaque note. J'étais, comme toujours, ahuri devant ses talents d'interprète. À la façon d'un marionnet-tiste, au moyen de son instrument, il avait le don d'inculquer le sentiment voulu à ses guignols. Il aurait pu terrasser de cha-grin le plus gai des auditeurs ou, au contraire, faire renaître l'espoir en plus d'un cœur affligé. Je l'imaginai un instant sous les traits d'un faune aux doigts agiles avec sa flûte magi-que propre à charmer les créatures croisant son chemin.

À la fin de son morceau, il a déposé l'accordéon douce-ment et m'a prié, d'un ton ému, de ne plus lui demander de jouer ce soir-là.

— Ça réveille votre coffret de souvenirs, c'est ça ? lui ai-je murmuré, avec délicatesse.

— Un coffret de Pandore, oui, se contenta-t-il de répli-quer avant de se lancer dans un tout autre sujet, en l'occur-rence les manuscrits de la mer Morte.

Je ne connaissais pas grand-chose en la matière, mais lui semblait s'y intéresser de près. Sa femme, d'origine juive, au-rait été une descendante de la communauté juive de Qumrân décrite dans ces manuscrits. Il avait poursuivi des recherches sur leur signification et sur ce qu'ils nous révèlent de l'origine des religions occidentales et du Moyen-Orient ancien. Encore une fois, je saluais sa culture et sa curiosité foisonnante commandant le respect. Pendant que mon esprit aviné tentait de le suivre dans ses digressions passionnantes, je m'amusai à intervertir mentalement les noms et les manuscrits de la mer Morte devenaient, avec un sens certain de l'à-propos, le manuscrit du père mort.

Je lui avais promis mon roman en primeur, une fois achevé. Grand lecteur et homme de foi, il constituait un excellent premier juge. Mais, voilà, j'hésitais. À ce stade, s'il m'arrivait de me sentir coupable et lâche pour ce que j'avais fait avec le texte de mon père, c'était à son égard. Jamais, pourtant, je ne lui aurais révélé la vérité, mais en sa présence, je perdais ma superbe et mon aplomb naturel; je redevenais le petit garçon grassouillet et insécure derrière sa façade crâneuse.

26 août

Le manuscrit est envoyé déjà chez une poignée d'éditeurs. Il me reste à attendre en me croisant les doigts. Ma mère me talonne pour le lire, mais je la prie de patienter encore un peu. J'attends d'abord le verdict de Léon. Depuis quelques jours, je ne l'entends plus jouer d'accordéon en face de chez moi. Est-il à ce point pris par sa lecture ? Est-il malade ? Je préfère ne pas m'inquiéter. Il me fera signe au moment opportun.

Un peu plus tôt, je me suis assis à ma table de travail où se trouve mon matériel informatique. Un sentiment de désœu-

vrement m'a gagné peu à peu. Je regrettais déjà ces longues semaines, ce mois passé en recopiage fiévreux, en séances parfois écourtées à cause de ma douleur aux doigts. Et pourtant,
j'en redemandais ! Je tentai de réenclencher le processus, en
répétant les gestes familiers et machinaux des derniers temps.
J'allumai mon ordinateur, cliquai sur l'icône du traitement de
textes, ouvris un nouveau document, me craquai les jointures
puis m'étirai les bras avant de commencer à saisir du texte.
Mais là, tout s'arrêtait. Impossible de sortir quoi que ce soit
de mon propre crâne, c'était le vide total, sidéral. Quel piètre
écrivain je fais, tout juste bon à calquer comme un vulgaire
papier carbone !

En levant les yeux sur mon babillard de liège, je tombai sur
les deux photos de Solène et moi. Ça me soulageait de replonger dans le passé pour quelques instants. Chez nous, la mora-
lité n'était pas une valeur prépondérante. La curiosité,
l'expression de soi, la culture ou l'amitié trônaient en meilleu-
res places. La photo prise au parc me remémorait un autre
souvenir. J'y passais de longs moments à jouer en compagnie
de ma sœur ou de mes copains. Rien ne m'agaçait plus que de
rencontrer un autre enfant déjà plein de sur-moi et d'interdits
sociaux.

Au parc, un matin, j'avais trouvé deux vieilles chaussettes
orange derrière le toboggan. Après une brève consultation du
regard, moi et mon ami Pierrick les avions remplies de sable
puis nouées. Équipés de ces deux masses d'armes improvisées,
nous nous étions transformés en preux chevaliers s'affrontant

en duel. Après quelques minutes de stratégies, de feintes et de plaisir, deux fillettes s'étaient approchées en nous servant un discours édifiant au sujet de ces deux bas égarés. On devait les laisser en place faute de quoi elles ne pourraient être retrouvées par leur propriétaire légitime et bla… bla…bla… Par leur charge intempestive, elles venaient de saper toute notre joie. Mon ami, assez prompt à courber l'échine, avait fini par obtempérer devant l'insistance de nos deux importunes. Moi, j'avais attendu qu'elles quittent le parc en me balançant bien sagement pour ensuite récupérer les deux bas. Ils vinrent joindre les rangs de mon attirail de guerre entreposé au sous-sol et fait de boucliers et d'épées de bois, de heaumes et d'arcs en plastique.

5 septembre

Léon m'a téléphoné. Il se remet d'une chirurgie à l'œil gauche. Ainsi, son absence des derniers temps s'explique. Depuis des mois, il attendait un appel de l'hôpital pour le débarrasser de sa cataracte. Son tour était enfin arrivé et cela avait été beaucoup moins douloureux qu'il l'appréhendait. Il devait porter des lunettes fumées pour quelques jours encore, mais sa vision s'était nettement améliorée, il se sentait tout guilleret.

Malgré ce contretemps, il venait de finir de lire mon manuscrit et ne tarissait pas d'éloge à mon endroit. Ça l'avait touché, ému, conquis. Sa lecture me paraissait attentive, comme certains détails relevés le montraient; il avait pleinement compris et apprécié des passages complexes aux recoupements subtils. Il avait aussi pris la peine de chercher au dictionnaire les mots dont il ne saisissait pas complètement le sens. La maturité de mon écriture l'avait aussi surpris. Comment aurait-il pu en être autrement ?!

En échangeant avec lui au sujet du manuscrit, de l'histoire et des personnages, je réalisai avec satisfaction que mes longues semaines passées en tête-à-tête avec l'œuvre ne s'étaient pas écoulées en vain. J'étais désormais en symbiose avec elle et tout à mon aise d'en décortiquer le sens, ou d'en expliquer les rouages. Pour plus de vraisemblance, j'avais pris la peine d'inventer un moment, rattaché à une anecdote fabriquée de toutes pièces où l'idée même de cette histoire m'était apparue dans ses grandes lignes, fulgurante, en bloc, comme une vision. J'aimais la poésie, le romantisme, le génie créatif qui se dégageaient d'une telle version de la genèse de ce roman. L'avis de Léon était précieux. Or, il adorait le roman. Je pouvais dès lors avoir confiance de conquérir un plus vaste auditoire. J'oubliai un moment que je n'avais aucun des mérites qu'il m'attribuait. Ses compliments me faisaient ronronner de plaisir. J'étais comme un gros matou qui bombe le dos pour se le faire flatter, pour qu'on lui grattouille le dessus de la tête encore et encore.

10 septembre

En faisant ma toilette matinale, je me suis copieusement aspergé d'eau. Une eau lustrale, propre à laver mes fautes, à rédimer tout au moins mon tort usurpatoire dont je suis seul à porter le blâme, le fardeau. Ce triste secret constituera désormais ma chimère, comme celles dont Baudelaire traite dans ses *Petits poèmes en prose*. Et tout comme ces pauvres hommes courbés que mentionne le poète, je « [cheminerai] avec la physionomie résignée de ceux qui sont condamnés à espérer toujours. » (VI - *Chacun sa chimère*).

J'imaginais mon père là-haut ou dans des limbes quelconques, sous une forme encore reconnaissable, pencher sur moi un regard bienveillant. Il me pardonnait mes malversations au nom de la postérité de son œuvre. La gloire lui ayant échappé de justesse, elle avait enfin une chance de survenir par mon entremise, par la redécouverte fortuite de ce manuscrit arraché de peu à une destruction certaine.

13 septembre

Ma sœur a accouché. Le petit Thierry a deux jours. La mère et lui se portent bien. Ma mère a reçu des photos du poupon par courriel. Il a cet air qu'ont tous les nouveaux nés un peu hébété et plissé. Il ressemble à son père, paraît-il. Pour ma part, je ne saurais dire. Ma mère prend l'avion demain pour aller lui donner un coup de main durant les premières semaines. Ses vacances d'été avaient été expressément préservées pour l'occasion.

Je ne savais pas trop quoi offrir à ma sœur ou à son bébé. Devais-je donner un cadeau à chacun ? En passant devant l'université hier, je me suis souvenu de l'importance que Solène accordait aux études. Aussi, je suis entré à la boutique du rez-de-chaussée et j'y ai dégoté une minuscule paire de bottines en tissu blanc parsemé de logos de l'école. Elle appréciera sûrement.

Être oncle me paraît tout drôle. « Oncle Bastien, tonton Bastien. » Je formule ces expressions intérieurement pour tâcher de me familiariser avec ce nouveau statut, mais sans trop de succès. Le temps et les rares occasions où je verrai Thierry aideront à m'y accoutumer. Ma mère, pour sa part, ne semble pas avoir pris un coup de vieux par son titre acquis depuis deux jours officiellement. À son âge, il est naturel et dans l'ordre des choses de devenir grand-mère.

J'ai donné les chaussons de bébé à ma mère qui les emportera dans ses bagages. Elle a eu l'amabilité de les emballer pour moi et d'acheter une carte. Je suis nul pour ce genre de truc. Après les félicitations d'usage, j'ai écrit à Solène que mon roman est fini et envoyé chez plusieurs maisons d'édition, question de lui annoncer moi aussi, à ma façon, une naissance aussi significative que celle dont elle doit s'enorgueillir.

Je suis allé arroser les plantes chez ma mère en son absence. J'ai aussi ramassé son courrier. Parmi les lettres, j'en remarquai une dont l'adresse était tracée à la main, d'une écriture cursive un peu malhabile. À l'endos ou au recto, nulle mention du destinateur. J'hésitai un instant, retenu par un respect viscéral pour les lettres adressées à autrui, inculqué par mes parents eux-mêmes. La possibilité d'une lettre de ma grand-mère me décida à enfreindre la règle familiale tacite. Je l'empochai et l'apportai chez moi pour l'ouvrir en lieu sûr.

Je ne m'étais pas trompé. C'était bien Gisèle écrivant à ma mère une jolie carte de souhaits pour son anniversaire. Cela me le rappela tout à coup et je me promis de lui envoyer mes vœux chez Solène. Chaque année, je dois m'efforcer de ne pas oublier ce jour spécial, sinon ma mère se charge de m'en faire reproche. Il était singulier de me faire rafraîchir la mémoire par une personne atteinte d'Alzheimer. Mais, comme ses éclairs de lucidité étaient encore fréquents, cet envoi, possiblement tributaire d'une consultation de son agenda, ne m'étonnait qu'à demi

La première phrase était écrite de sa main mal assurée et pour la suite, elle avait eu l'aide d'une infirmière, car l'écriture changeait et se démarquait par sa fluidité et sa rondeur assez éloignée de la graphie effilée apprise chez les sœurs. Gisèle avait dû mettre tous ses efforts dans l'adresse postale et le début de son message pour ensuite, de guerre lasse, consentir à le dicter. Je lus avec une attention inquiète le texte longuet destiné à ma mère. Le début était d'intérêt mitigé et pétri de formules d'usage, mais je bondis de ma chaise à l'évocation, plus bas, du manuscrit de mon père. Elle avait osé revenir sur cette histoire ! J'avais raison de me méfier. Les propos étaient redoutables d'intelligence et les constructions syntaxiques sans faille. Peut-être avaient-ils été reformulés légèrement par l'employée ? Je dis « légèrement », car le fond ne pouvait être d'une autre. Je me félicitai d'avoir pu intercepter cette missive compromettante. Avant de la détruire, je la relus encore en croyant un moment pouvoir tout arranger. En masquant, au correcteur liquide, les deux premières lettres du Sébastien mentionné, son affirmation devenait plus conforme à ma version des faits. Mais des vétilles devaient aussi être modifiées et toutes ces corrections et ces pâtés blancs auraient fini par donner à la lettre des allures suspectes. Je la détruisis à regret; peut-être était-ce sa dernière lettre aussi sagace et joliment formulée.

La flamme de mon allumette embrasa le papier. Il se décomposa rapidement se détachant en petits copeaux de cendre dans l'évier. D'un regard hypnotique, je contemplai le feu consumer la carte avant de faire couler l'eau pour éteindre ce brasier et en laver toutes traces.

Je croyais l'affaire étouffée. Seulement, j'avais occulté un détail. La personne ayant prêté main-forte à Gisèle devenait gênante à son tour. Elle pouvait tout ébruiter en commentant son exercice épistolaire face à d'autres collègues, mine de rien, auprès de la machine à café. Aurait-elle l'impression d'être témoin des dessous d'une affaire familiale à parfum de scandale mettant en scène tous les éléments propices au succès ? Le talent caché, l'œuvre secrète, la mort prématurée ravissant à l'élu une renommée certaine, le second volet, quinze ans plus tard qui, à la faveur d'une confidence, fait rebondir toute l'histoire… Il faut savoir. Je devrai aller voir Gisèle, passer par-dessus mon malaise escompté en sa présence et enquêter sur le personnel de l'établissement.

24 septembre

Léon est passé chez moi hier soir, sans prévenir. Il a failli tomber sur Christophe qui venait de partir, avec une copie de mon manuscrit sous le bras. Son empressement à le lire me paraît moindre que celui de Léon, mais je ne pouvais lui refuser un exemplaire. Il a eu l'air déçu lorsque je lui ai révélé ne pas m'être inspiré de lui pour aucun des personnages. Son engouement pour mon livre était subordonné à la découverte d'un héros sous ses traits.

Maintenant qu'il avait un ami écrivain, Christophe avait tendance à mesurer ses mérites ou sa valeur selon l'inspiration qu'il générait. Son profil était-il digne de figurer dans une œuvre ? Les détails de son existence prosaïque assez pertinents pour être amalgamés à la trame d'une narration ? Sa personnalité, suffisamment singulière ou, au contraire, pittoresque pour insuffler vie à un personnage ?

J'aimais la maturité de Léon. À l'encontre d'un Christophe guidé par la fougue de sa jeunesse et par ses prétentions, il n'avait plus rien à prouver au monde. Sa lecture du manuscrit, tout imprégnée de sagesse et de perspicacité me l'avait laissé voir de façon éclatante.

Cette fois, il a laissé son instrument chez lui. Il m'a semblé préoccupé. On l'avait invité à une de ces soirées d'information (et d'enrôlement) pour une institution offrant des cours de développement personnel. Ce genre de *gimmick* ne lui disait rien, mais il était flatté que l'on ait pensé à lui. Une femme de sa connaissance l'avait contacté en évoquant la tenue d'une présentation chez elle. Au début, son message sibyllin l'avait rendu curieux. En la rappelant, il avait compris à quel genre de réunion il aurait affaire. On faisait appel à lui pour des raisons intéressées, il en était déçu.

Il me parla de cette femme, une infirmière à la préretraite. Il l'avait connue lors d'un cours de bridge et elle continuait de l'appeler à l'occasion. Elle était veuve et lui avait semblé nourrir plus que des visées strictement amicales à son égard. Aussi, l'impression d'un flirt l'avait confondu un instant quand la dame l'avait convié à une soirée chez elle. Seulement, il n'envisageait pas de reformer un couple – avec elle ou avec une autre – depuis le décès de ses proches.

Il effleurait ce sujet délicat pour la seconde fois depuis le début de notre amitié. Aussi, je profitai de cette brèche impromptue pour en apprendre davantage. Mes questions demeurèrent, pour la plupart, sans réponse, mais il me révéla tout de même quelques circonstances entourant l'accident d'avion. Autant son accordéon consentait laborieusement à émettre des sons gais, des accords majeurs, autant Léon regimbait à l'idée de rouvrir sa plaie. Comme les coulées de lave refroidies, rugueuses et noires en surface, elle cachait une incandescence interne fluide et vive. Mon parallèle n'est pas hors propos d'ailleurs, car il m'avait appris récemment l'origine du mot hawaïen « aa » pour désigner ce type de coulée de lave. Les insulaires eux-mêmes avaient baptisé le phénomène volcanique d'après le cri qu'ils poussaient lorsqu'ils marchaient dessus ! Pourquoi rechercher des termes savants quand la simplicité nous offre des images si percutantes ?

Donc hier, j'ai appris que l'avion était d'un modèle assez ancien et de faible capacité. En comptant l'équipage, ils n'étaient pas plus d'une quarantaine de personnes à bord. Sa famille venait le rejoindre en Patagonie où il faisait escale quelques jours, de retour d'une mission météo en Antarctique. Depuis la dernière fois où il avait serré dans ses bras sa femme et ses enfants âgés de dix, douze et quinze ans, deux mois s'étaient écoulés. Cette affectation lointaine, intéressante d'un point de vue professionnel, lui valait en contrepartie sa plus longue séparation d'avec les siens depuis son embauche comme météorologue. Il en avait souffert, tout comme sa famille qui s'était retenue pour ne pas aller carrément le rejoindre au Pôle Sud. Sa femme avait opté pour la Patagonie, au climat moins hostile pour les enfants, et où il devait passer une semaine à la fin de son mandat. Léon s'était promis de ne pas renouveler son contrat, aussi instructif fût-il. Le moment des retrouvailles était joyeusement attendu de part et d'autre.

Sa voix s'enroua puis, après avoir laissé une phrase en suspend, il fit une pause. Il répéta comme en lui-même « le moment des retrouvailles... » puis il se tut. Sautant du coq à l'âne, il me promit de me faire goûter à son persicot sous peu. Devant ma moue interrogative, il se lança dans des explications détaillées sur cet alcool qu'il fabriquait artisanalement avec son alambic. Il était question de sucre, d'alcool, et de noyaux de pêches écrasés. Je saisis alors la raison de cet amoncellement de paniers de pêches quelques semaines plus tôt sur le comptoir de sa cuisine.

27 septembre

Ma visite chez Gisèle s'est révélée infructueuse, vraiment décevante. Sans en avoir l'air, je l'ai questionnée sur les préposés chargés de prendre soin d'elle. Un nom revenait régulièrement à sa bouche : une certaine Mademoiselle Dubuc. En m'informant à l'accueil, j'appris qu'aucune employée en poste ou récemment partie ne portait ce nom. Et, comble de déveine, la femme assignée au secteur « B » où loge Gisèle venait de quitter son emploi quelques jours plus tôt.

En fin de soirée seulement, blotti sous ma couette à m'inquiéter de cette garde fugitive, ça m'est revenu. J'ai compris pourquoi ma grand-mère avait cité ce nom. Dubuc était le nom de son institutrice au niveau primaire. Cette enseignante formidable l'avait marquée et Gisèle était même demeurée en contact avec elle jusqu'à sa mort récente, après une vie marquée par une santé de fer et une longévité exceptionnelle. Mais le rappel de tous ces beaux souvenirs ne m'avançait en rien.

29 septembre

Léon a vu dans mon style d'écriture des analogies avec un auteur américain dont il a lu naguère en rafale tous les romans. Parmi ceux-ci, il m'en a passé un qu'il m'a recommandé. C'est en version originale anglaise. Je n'ai pas osé lui dire, mais je ne lis à peu près jamais autrement qu'en français.

En fait, depuis l'enfance, je dois surmonter un dédain naturel pour la langue de Shakespeare et pour la culture américaine s'y rattachant en général. Depuis peu, je me suis attelé pourtant à un ou deux romans anglais que j'ai réussi à lire jusqu'au bout. Et j'en ai retiré une certaine fierté. L'écriture et le vocabulaire étaient simples et dénués de grandes difficultés, mais je ressens ces précédents comme des brèches dans mon attitude obtuse. Elles me donnent des raisons d'espérer en venir à bout. Ayant été élevé dans un nationalisme et un ethnocentrisme modérés qui ont marqué la constitution de ma personnalité, toute ma vie, j'aurai à repousser ces élans de xénophobie qui me guettent à l'occasion.

3 octobre

Un éditeur m'a téléphoné aujourd'hui. J'ai gardé mon calme tout au long de notre conversation. J'opinais de la tête, acquiesçant à tout, agrémentant ses paroles de quelques monosyllabes en retour. Il était question de rencontres, de disponibilité, de contrat à signer, de corrections d'épreuves, d'échéances à respecter, de programmation du comité éditorial, etc. Après avoir raccroché, ma joie et mon excitation purent s'exprimer à leur aise. De menus détails devaient être changés ici et là, mais pour le fond, mon interlocuteur semblait satisfait de la qualité de mon manuscrit. Une originalité certaine dans le propos et une fraîcheur dans le ton avaient achevé de le convaincre d'inclure cet ouvrage à son catalogue aussi tôt qu'au printemps prochain. Ma mère vient de revenir. Je vais lui apprendre la nouvelle en personne. Le téléphone convient peu pour annoncer ce type d'événement exceptionnel dans le cours d'une existence par ailleurs des plus ordinaires.

Je goûte chaque instant de ce bonheur soudain et fugitif en ce début d'automne. Ainsi, contrairement à tant d'autres écrivains en devenir, je n'aurai pas eu à attendre durant des mois mon lot de lettres de refus s'immisçant entre deux factures dans le courrier du matin. Dans la loto de la vie, j'avais tiré le bon numéro.

C'est un jour faste à marquer d'une pierre blanche. Une joie pure, inaltérée se lit dans mes traits, coule dans mes veines, m'étourdit même un tantinet. Demain sera déjà assombri par sa diminution. En persistant, elle se diluera, s'étiolera nécessairement. On ne peut pas sourire longtemps sans en avoir les mâchoires crispées.

4 octobre

Je songe avec délectation au moment où je taperai mon nom sur un moteur de recherche du Web et verrai enfin défiler autre chose que ces damnées notices à saveurs généalogiques complètement hors propos qui recoupent un « Comtois » par ci et un « Bastien » par là, référant à des sites obscurs et dénués d'intérêt.

Je devrais être un homme parfaitement comblé. Tout se passe comme je le désirais. Or, un grain s'est glissé dans l'engrenage.

Il est encore trop tôt pour s'inquiéter. Mais je sais, je sens le jour prochain où mon corps réagira. Hissé sur la sellette en tant qu'écrivain, une fois mon livre dans toutes les mains, serai-je en mesure de faire face à la situation ? Usurpateur rime peut-être avec auteur, mais j'ignore si je saurai tenir mon rôle.

8 octobre

J'ai abandonné la lecture du roman prêté par Léon. Je m'en suis farci néanmoins les deux tiers. L'histoire est assez désespérée et sans rédemption possible. Un homme perd tout au jeu. Sa femme et ses enfants le quittent. Sa vie bascule dans le marasme. Pas besoin d'un doctorat en psychologie pour y voir des parallèles avec la vie de mon ami. Mon passé ne me rend pas aussi réceptif à ce genre d'intrigue.

Je lui ai rendu son bouquin hier soir, en m'arrêtant à son appartement pour recevoir ses félicitations et pour goûter à son fameux persicot dont il m'avait dit tant de bien. Sa poignée de main chaleureuse et son regard admiratif me le firent réaliser; désormais, une étiquette d'écrivain, d'auteur vient de s'ajouter à mon curriculum vitæ. Je devrai lui faire une place, aux côtés de celle, plus drabe, d'agent d'immeubles. Mon identité s'enrichissait d'une notion toute nouvelle : celle du don, du talent littéraire, comme une auréole redorant mon blason. À ce stade-ci, je ne peux pourtant pas faire de pronostic sur la réception ou la bonne fortune de ce roman qui volera bientôt de ses propres ailes. Seulement, le simple fait qu'il soit publié est, en soi, une victoire. Je suis intimement convaincu de ses qualités hors du commun, mais seront-elles reconnues également par autrui, par une majorité de lecteurs ou par des critiques clés qui, à eux seuls, font ou défont des carrières d'écrivain ? L'avenir prochain me le dira.

Nous avons bu une bouteille ou deux de son alcool légèrement ambré et assez parfumé. Je n'avais jamais rien goûté de tel. L'ivresse m'a frappé d'un coup après le quatrième verre. Une griserie enveloppante, mystérieuse, proche de celle que m'avait procurée l'absinthe, l'unique fois où j'en avais consommé. La recette du persicot lui venait de sa famille. Léon avait grandi en Ontario sur une ferme où son père entretenait avec soin une vingtaine de pêchers prolifiques. Sa mère en faisait des confitures, des chutneys, en incluaient dans ses ketchups aux fruits et autres recettes, mais le père, lui, s'intéressait davantage aux noyaux, pour l'alcool sans pareil qu'ils lui permettaient de concocter. Dans les veillées, si la plupart s'enorgueillissaient de leur rhum, se désaltéraient avec leur bagosse ou sirotaient leur vin de balloune, Léon faisait fureur avec son persicot. Il en faisait même commerce discrètement, échangeant le surplus de sa production contre quelques sous, une motte de beurre ou un poulet. Chez les habitants, les croix de tempérance apposées çà et là au-dessus des cadres de porte semblaient plutôt décoratives.

Avec Léon, chacune de nos rencontres donnait lieu, pour moi du moins, à de nouvelles découvertes. Il avait vécu, aimé, lu et voyagé comme personne de ma connaissance et je lui étais reconnaissant de m'accorder sa confiance et son amitié. Je lui détaillais les effluves et les particularités gustatives décelées dans mon verre quand il m'a observé d'un air envieux. J'attendais qu'il en fasse autant et partage ses impressions avec moi. Il m'avoua alors ne pouvoir rien goûter. Je n'ai pas compris tout de suite.

— Tu as le rhume, tu es grippé ? lui lançai-je.

— Non.

Les allergies saisonnières non plus n'étaient pas en cause. Il souffrait d'agueusie, comme on souffre de surdité ou de cécité. Il avait perdu le sens du goût. Je ne savais pas trop quoi dire, n'ayant jamais rien vu de tel sauf dans *L'aile ou la cuisse*, une comédie avec Louis de Funès, dont il me paraissait mal à propos de lui rappeler l'existence.

Cette infirmité datait de l'accident d'avion. Par une sorte de blocage psychologique – les médecins n'avaient pu l'expliquer autrement – il avait, du jour au lendemain, perdu toute notion du salé, de l'amer, du sucré et de l'acide. Ça me faisait penser aux hystériques de Freud et aux cas, rapportés dans les annales de la psychiatrie, de paralysie sans lésions corporelles, en l'absence de cause physiologique.

Incrédule, je lui demandai alors pourquoi il m'avait tant semblé aimer les confitures de ma mère. Par ailleurs, je l'avais déjà vu saler ses plats ou faire la grimace en mordant dans une tranche de citron. C'était de la frime, pour donner le change alors qu'il ne tenait pas spécialement à divulguer ce handicap à tout venant. Parfois, les gens réagissaient bizarrement lorsqu'il leur expliquait la vérité. Leur attitude changeait, ils devenaient plus distants comme devant un névrosé ou un être imprévisible. Il préférait donc faire semblant d'être normal, en tâchant d'agir comme avant. Seulement, il ne pouvait compter que sur ses habitudes et devait puiser constamment dans ses souvenirs pour traiter les informations gustatives. Désormais, toute nourriture était analysée, décryptée, jugée avec une marge d'erreur considérable par sa mémoire et non plus par ses sens. Il lui était hasardeux d'essayer de nouveaux mets ou de juger des plats très épicés. Aussi, il se cantonnait dans l'univers familier de la cuisine traditionnelle et des aliments connus.

Je songeai que si c'était la seule séquelle physique de la tragédie, il s'en tirait somme toute bien. D'autres, face à un coup du sort similaire, se seraient enfoncés dans la dépression ou auraient opté pour le suicide. L'agueusie et l'accordéon lui auront permis en quelque sorte de ventiler l'émotion qui l'aurait autrement submergée. Mais pourquoi précisément le sens du goût et non pas un autre sens ou la paralysie d'un organe ? Je cherchai longtemps des réponses, mais dans ma tête d'innombrables points d'interrogation tapissaient mon for intérieur telles ces anguilles jardinières au fond de l'eau qui attendent le passage du krill.

13 octobre

Le livre, le livre.

Ce mot est dans toutes les bouches. Enfin, pour l'instant, les questions émanent de mes proches. Mais elles se font insistantes, tentaculaires, un peu harassantes. « Comme ça, on devient écrivain ? Tu nous avais bien dissimulé ces ambitions, petit cachottier ! Et alors, c'est pour quand ? As-tu des nouvelles de ton éditeur ? Vas-tu avoir beaucoup de corrections à apporter à ton manuscrit ? Ça fait combien de pages ? Ah, oui ? Autant ! Ouf ! Il a du souffle le Bastien ! » Et moi, je frime, je patine, brodant de fins tissus de mensonges, je leur sers ce qu'ils veulent entendre. Telle une araignée, je tends ma toile en prenant bien soin de me ménager un passage de fils non collants pour pouvoir accéder sans dommage aux mouches qui seront capturées. Néanmoins, par moment, j'ai la sale impression d'avoir de la glu aux pattes. Une épeire, je suis, comme d'autres sont étêtés.

18 octobre

Ces jours-ci, la mort revient me hanter. Et si tout était gâché par cette faucheuse avant même l'arrivée de mon livre en librairie ? Mon père fut arrêté par elle dans son élan littéraire avant de connaître seulement l'étape de l'édition, la formation d'un lectorat. Saurai-je aller beaucoup plus loin ? Mon roman vivrait bientôt de façon autonome et sans nécessiter mon intervention. Enfin, si peu, car à notre époque, il est tout de même convenu de participer au cirque médiatique des entrevues, si on a la chance ou la stature requise pour s'en faire proposer et de faire connaître son œuvre au plus grand nombre. Je suis jeune, en santé, vigoureux. Mais, je ne peux pas m'empêcher de penser au trépas. Pour avoir vu la mort en direct frapper sans prévenir, je connais son caractère cauteleux et soudain.

Aussi, lorsque j'écris des notes, des mémos et cela m'arrive souvent, car on ne peut fonctionner uniquement par ordinateur – ce serait triste... bien qu'envisageable dans un avenir prochain – dans mon agenda, en marge des livres ou pour mon travail par exemple, je m'efforce toujours de tracer de belles lettres, me reprenant au besoin. Le tout doit être lisible et non sujet aux erreurs d'interprétation. J'évite les abréviations, les symboles ou toute forme de raccourci. Je vais jusqu'à ajouter des termes précisant ma pensée alors que l'intelligibilité de la note ne le réclame point.

Chaque matin est peut-être le dernier; une petite voix interne me le souffle et même si elle doit se tromper des milliers de fois, je sais qu'un jour, elle aura raison. Je songe alors à ces mots épars que je laisse, certains des plus triviaux, d'autres laissant transparaître un peu de ma personnalité, de mes penchants, de mes convictions. Toutes ces courtes notes seront lues par mes proches, ma famille, mes amis, mes collègues comme autant de témoignages. Elles doivent être claires, non équivoques, sans barbouillages ni pâté d'encre, c'est important. Je ne serai plus là pour aider à les déchiffrer.

Hormis pour son manuscrit, où son application ne faisait aucun doute, mon père n'avait pas pris cette peine et de multiples annotations sibyllines ornaient ses vieux agendas. En tâchant de les décoder, je n'étais arrivé qu'à me faire mal aux yeux. J'avais laissé tomber à force d'hésiter entre deux sens ou entre deux mots. Un jour, pourtant, j'avais été mystifié par un prénom qui revenait à moult reprises selon une fréquence irrégulière, et sans raison apparente; un prénom de femme, suivi de RV ou de griffonnages illisibles. J'ai alors senti que j'outrepassais le champ auquel je devais m'astreindre. J'entrais en terrain inconnu, dans une zone inconfortable où je n'avais rien à voir. J'ai gentiment remis en place les agendas de ces trois ou quatre années d'avant sa mort, au fond de son classeur, en condamnant ma curiosité un peu malsaine.

22 novembre

Quelques semaines ont passé durant lesquelles je suis surtout allé au gym durant mes temps libres. Avant, j'y traînais des revues scientifiques ou géopolitiques que je parcourais pendant ma demi-heure de cardio à trotter ou à pédaler sur les appareils. Mais je remarquais mes performances diminuer. Souffle plus court, endurance moindre, crampes aux mollets. Tout s'éclaira bientôt. C'était si évident ! J'aurais dû y penser. Les articles exigeant réflexion drainaient le sang vers le cerveau. Du coup, il délaissait les jambes qui le sollicitaient. Depuis que j'ai compris, je feuillette désormais des magazines *people* ou de *fitness*. Il ne manque jamais d'en traîner près du comptoir à jus. Socialement, l'image projetée n'est pas la même, j'en conviens, mais il vaut la peine de passer pour un demeuré auprès de certains abonnés si en revanche les bons muscles restent irrigués et me permettent d'améliorer mon nombre de tours par minute (RPM).

Le directeur de l'agence immobilière où je travaille a changé et la nouvelle venue m'est nettement plus sympathique. Aussi, j'ai redoublé d'ardeur à mon poste et les ventes vont bon train. L'autre soir, j'ai même pensé qu'elle me faisait du charme lorsqu'elle a insisté pour me confier le dossier difficile d'un triplex mal situé avec possibilité de pyrite au sol.

Elle a commencé par vanter mes qualités d'agent émérite pour l'année en cours et en passant du coq à l'âne, sans détour, elle m'a parlé de son divorce récent. Elle se sentait délaissée depuis et évoqua un souper de groupe au restaurant le lendemain soir, se plaignant de s'y présenter seule, faute de quelqu'un pour l'accompagner. Sans lever le regard, je sentais le sien m'observer, en attente d'une réaction. Je ne saisis pas la perche si joliment tendue. Elle était belle, racée, avec ses cheveux châtains aux épaules d'aspect soyeux. Elle ne faisait pas ses quarante ans et n'avait rien à envier à la plupart des femmes plus jeunes. Le pétillant discerné dans ses yeux m'était familier pour l'avoir remarqué dans ceux de plusieurs filles avec lesquelles j'avais passé de doux moments. C'était l'appel de la luxure que je décodais au creux de ces prunelles, celui d'un appétit aiguisé pour ces matières.

En fait, rien ne me retenait, sauf un détail : Irène était ma patronne. Je n'osai pas lui avouer mes scrupules à mélanger travail et plaisir. Les risques de faux pas m'apparaissaient trop élevés. Perdre mon emploi pour une liaison, une amourette ? Être licencié à la suite d'une crise de jalousie ? Non merci. Par contre, comme il m'arrivait souvent, je songeai à Christophe à la possibilité qu'ils s'entendent tous deux. D'ailleurs, j'avais une dette non acquittée envers Christophe au sujet de cette Sandra jamais présentée. Aussi, je l'invitai à un souper de fête informel chez moi. Léon, Christophe et quelques autres ami(e)s y seraient présents. À mon soulagement, elle accepta.

Ma soirée d'anniversaire fut assez réussie. Avant le repas, Léon, musicalement en forme, dut néanmoins remballer son accordéon. Après une mélodie, les invités lui lançaient des regards noirs, après deux, ils s'échangeaient des coups d'œil obliques, l'air de se demander si c'était une fête ou un enterrement. Léon se plia de bonne grâce aux volontés de son auditoire et dès qu'il troqua son instrument contre sa faconde et ses anecdotes truculentes, il rallia tous ceux qui avaient d'abord douté de lui.

Irène devisa un moment avec Christophe, trop heureux d'avoir une femme libre et jolie avec laquelle il pouvait faire plus ample connaissance. Il ne me tenait pas rigueur de son âge, vu sa conservation étonnante. Ma patronne, en revanche, ne semblait pas en mesure de passer outre son vilain grain de peau. Assez rapidement, elle se mit à tourner la tête vers moi et à chercher plutôt ma compagnie ou celle de Léon. Je sentais l'impatience et la mauvaise humeur gagner Christophe discrètement. Quand il vint m'aider à desservir, je le félicitai pour sa nouvelle coupe de cheveux et sa promotion toute fraîche. Un important contrat de graphisme allait lui être confié. Il l'avait appris la veille. J'avais beau le couvrir de compliments, comme toujours, il semblait à peine les relever. Il les accueillait comme une plante assoiffée peut recevoir de l'eau. Sans une marque de reconnaissance, en l'absorbant aussitôt, en s'en irriguant, puis en se détendant un peu. Les remarques flatteuses ne pouvaient jamais être assez senties ou suffisamment nombreuses pour le satisfaire. Par contre, dès que j'osais émettre une réserve ou que je mentionnais une faiblesse, même du bout des lèvres, il se braquait et roulait des yeux, offensé. Marqué par de grandes lacunes d'estime de soi, ses relations avec les autres s'en trouvaient nécessairement affectées.

Ce soir-là, il entendait boire plus que nécessaire afin d'anesthésier son sentiment d'échec avec Irène comme avec les filles en général. J'ai tâché de l'en dissuader mais en vain. Après une consommation de trop, je lui ai indiqué mon lit où il s'est laissé choir docilement après m'avoir accroché par le collet en un dernier sursaut de vigueur pour me demander d'un air inquiet si j'étais son ami. Je l'ai rassuré d'un ton maternel puis j'ai refermé la porte pour retourner à mes invités. La facilité avec laquelle il avait obéi m'étonnait, car dans pareille circonstance il avait déjà opposé plus de résistance.

Le lendemain, par contre, j'ai fulminé ferme. Pourquoi n'avais-je pas pensé à lui laisser un bol ou un seau à sa portée ? J'avais couché sur le canapé du salon et en retournant dans ma chambre chercher une tenue propre, l'odeur de vomi prégnante m'a obligé à secouer mon copain pour le faire sortir de sa torpeur. En maugréant, il accepta la serpillière que je lui tendais et s'exécuta de mauvaise grâce. Il partit sitôt son café avalé, profitant de l'effet stimulant pour se traîner jusque chez lui et y poursuivre sa nuit de sommeil ou du moins guérir son mal de bloc.

Dans la matinée, ma mère est venue me porter mon cadeau. Chaque année, il ne change guère. Un paquet mou comme disent les enfants d'un ton déçu, en tâtant l'emballage où ils devinent quelque pull tricoté ou un ensemble assorti. En grandissant, on apprécie un peu mieux ces présents où l'élément de surprise est, dans mon cas, exclu. Des slips de coton en paquet de trois, des bas noirs et gris, un chandail ou une chemise de ton neutre, au goût du jour. Je la remerciai en usant de la même formule annuelle suivie du même câlin un peu mécanique. Elle avait commencé à me nantir de ce genre de cadeaux à l'époque où j'avais peu d'argent pour me les procurer. Désormais, mon salaire me permettait de me vêtir convenablement, mais l'habitude était restée. Je lui en étais reconnaissant pour les visites dans les magasins qu'elle m'épargnait. L'achat de sous-vêtements ou de chaussettes ne me disait rien. Or, j'avais pourtant régulièrement besoin de les renouveler. Pour les pulls, du reste, elle avait l'œil.

12 janvier

Le temps des Fêtes est révolu. J'ai recommencé à travailler cette semaine. En décembre, Solène est venue passer quelques jours avec sa famille. Ma mère était trop heureuse de les héberger et d'avoir l'occasion d'étrenner le petit lit acheté pour Thierry. Ce réveillon marqué par un échange de cadeaux sous les vagissements de bébé ne restera pas dans les annales. Je ne croyais pas que des pleurs pouvaient être si intenses, un peu comme une soprano en finale d'aria qui pousserait son « la » sans discontinuer en un point d'orgue infernal. Il faut préciser que je n'en ai pas entendu souvent. Selon ma mère, le petit perce des dents mais Solène soutient qu'il a des coliques. J'ai parlé à mon beau-frère seul à seul et malgré son sourire de façade, il en bave. Les nuits sont courtes, il doit relayer sa conjointe quand elle en a marre. C'est le dur métier de parent qui rentre. Les voir ainsi me conforte dans ma décision de retarder au maximum ou d'éviter cette aventure. Le poupon est joli, certes, surtout quand il dort et dans ses rares moments d'éveil paisible. Mais il faut imaginer toute la responsabilité et le travail que cette petite frimousse rose sous-tend au quotidien ! Ça me semble titanesque.

J'ai finalisé les dernières corrections demandées par mon éditeur. De toutes petites choses. Des tournures de phrases par ici, un terme ou deux à changer par là, et trois pages qui diluaient l'action à résumer en deux lignes vers le milieu du livre. J'étais soulagé de ne pas avoir à ajouter, à intercaler du nouveau texte. L'élagage me paraissait un jeu d'enfant mais je me sentais tout à fait inapte à composer. Je souffrais toujours de cette même incapacité d'écrire quoi que ce soit issu de mon imagination. Ce vulgaire journal, tenu pour ventiler un peu mon quotidien, ne peut pas sérieusement être considéré comme de la fiction ou de la littérature.

Le blocage ressenti à la suite de la recopie du manuscrit paternel subsistait. Il avait d'ailleurs toujours existé. Mes travaux d'école en rédaction n'avaient jamais été très brillants et lorsque je pouvais m'en tirer en payant une bonne amie, je n'hésitais pas. Il y avait eu Sophie, puis Rébecca, entre autres, au secondaire qui m'avaient servi de « nègres ». Certaines dissertations m'avaient même valu des éloges dont je pouvais m'attribuer publiquement le mérite en l'absence des auteures réelles. Mes tâcheronnes ne m'en auraient peut-être pas tenu rigueur. Elles s'accommodaient de travailler dans l'ombre contre une bonne rémunération.

17 février

Depuis le début de l'hiver, je n'ai plus le privilège de me réveiller au son de l'accordéon. Léon attend le retour du temps doux pour reprendre ses habitudes de musicien de rue. Même avec de bons gants, il lui serait ardu de manier l'instrument avec sa grâce coutumière. La bise et l'humidité hivernale relancent ses rhumatismes et le condamnent au repos forcé. Quand ses mélodies me manquent trop et qu'il se sent assez en forme, je l'invite chez moi pour me repaître de sa musique. Mes voisins sont plus conciliants que les siens, ou plus mélomanes et ne se plaignent jamais des débordements sonores. La vieille dame insomniaque du deuxième étage m'a même confié qu'elle se berçait dans sa chaise au rythme de ces complaintes. Cela lui permettait enfin de trouver le sommeil. Elle lui en était reconnaissante.

Les jours où son arthrite l'empêche de s'adonner à son accordéon, il nous arrive de prendre part à un petit jeu assez amusant. Je dois d'abord être prévenu pour faire provision de denrées rares, nouvelles ou sélectes glanées çà et là dans les épiceries fines. On s'assoit dans la cuisine l'un face à l'autre. Il choisit un aliment. On observe sa texture, on en hume les arômes, on le qualifie visuellement. Puis, je le porte à ma bouche et je lui décris dans le menu détail toutes mes sensations gustatives. J'essaie de rester le plus objectif possible en laissant de côté mes sentiments trop personnels issus de souvenirs passés associés à des aliments apparentés. Il m'écoute, religieusement. Je rattache certaines comparaisons à des anecdotes de voyages dont il m'a déjà fait mention. J'essaye, un peu à tâtons, de me substituer à son jugement, de me rapprocher de ce que devait être son sens du goûter lorsqu'il était fonctionnel. Mon analyse se poursuit parfois plusieurs minutes avant que je ne vois enfin son regard ou son expression s'éclairer. Alors, je souris et je me tais, heureux de ce moment où nos pensées sont en adéquation parfaite. Il attend cet instant pour mordre dans la nourriture démystifiée et c'est comme si lui-même pouvait la goûter. Ce qu'il mastique redevient sapide, l'espace d'un discours.

Par la verbalisation, voire l'intellectualisation des saveurs, je gagnais le difficile pari de lui redonner plaisir à manger, de lui insuffler des bribes de sa passion de jadis : la gastronomie.

Cette activité en laquelle nous trouvions un agrément réciproque me rappelait un moment fort du film *Le Souper*, avec Claude Rich et Claude Brasseur, respectivement en Talleyrand et Fouché, engagés dans une joute oratoire des plus jouissive. Je m'amusai à reprendre leurs rôles pour jouer la scène bien mémorisée devant un Léon conquis d'avance. Lorsque Talleyrand, plus policé, veut donner des leçons de dégustation d'alcool à Fouché, aux manières un peu rustres, il commence ainsi, avec son accent inimitable que je cherchai à reproduire en arrondissant ma bouche, portant mes lèvres en avant :

— Si vous le permettez, ce n'est pas de cette façon que l'on doit boire le cognac. Regardez s'il vous plaît. On prend son verre dans le creux de sa main. On le réchauffe. On lui donne une impulsion circulaire afin que la liqueur dégage son parfum. Puis, on le porte à ses narines. On le respire...

— Puis ?

— Et puis... on le repose et on en parle.

Léon applaudit spontanément à ma prestation. Même la voix de Fouché, rauque et bourrue lui avait paru convaincante. J'avais des talents réels de comédien, à n'en pas douter. Il acquiesça surtout devant la dualité sous-entendue par cette saynète, m'expliquant :

— Tout l'art de la dégustation, du plaisir associé au goût est condensé en cet extrait. Passant d'abord par les sens, le contentement est décuplé par la partie du cerveau chargée de codifier, d'interpréter, de mettre en mots les impressions éprouvées. Pour que la jouissance soit complète, elle doit, ce me semble, aussi impulsive ou intuitive soit-elle, avoir le support du rationnel pour lui donner toute son étendue possible.

Sur ce point, j'étais d'accord avec Léon. Peut-être même avait-il encore plus de mal que moi à s'abandonner à ses sens, préférant se fier à ses souvenirs, à sa logique ou à ses organigrammes mentaux savamment ordonnés.

Chez Fellini, dans *Et vogue le navire*, existe une scène qui m'a peut-être en partie inspiré ce jeu alimentaire exigeant la complicité de Léon. La princesse, sœur de l'archiduc, privée elle aussi d'un sens – dans son cas, la vue – écoute religieusement l'orchestre de chambre. Elle a un don particulier, la synesthésie. Chaque note se traduit pour elle par une couleur précise qu'elle dicte à mesure à voix haute et la symphonie s'adressant à l'oreille lui rend un instant la vue par toute la richesse des teintes qu'elle évoque.

27 février

Maman est malade. Une sale pneumonie. Rien d'étonnant avec ce blizzard soufflant en continu depuis le week-end dernier. Voilà trois jours qu'elle est alitée. Je suis allé hier lui offrir un peu de soutien. Ma tante est passée avant moi et elle doit revenir dans la soirée. En tant que fils et unique enfant à proximité, c'est un peu à moi de prendre soin d'elle. Mais, à la fois, je ne sais quelle pudeur me retient d'en faire davantage. Si Solène était là, la question ne se poserait pas. Elle assumerait cette fonction de vigile ou de garde-malade.

Exercée depuis sa plus tendre enfance à bercer les poupées, à langer les nourrissons de plastique, orientée subtilement

96

vers les jeux d'interactions sociales où se peaufine le décodage des émotions d'autrui et se développe le sentiment d'empathie, ma sœur, comme la plupart des femmes, est mieux outillée que moi pour dispenser des soins aux poupons, aux aînés ou aux indisposés.

Les médicaments semblent faire effet et ma mère prend du mieux depuis ma visite. Je lui ai réchauffé un peu de soupe et j'ai relevé sa tête en lui ajoutant un oreiller. Si ses quintes de toux violentes m'ont inquiété, elles sont, semble-t-il, caractéristiques de cette affection.

Je me suis arrêté chez Léon au retour. La vue de son jardinet, où règne une agitation si fantaisiste, m'aurait fait tant de bien en ce lundi morose. Mais en passant la porte de sa cour, je me suis heurté à des amoncellements de neige sous lesquels on devinait çà et là les ailes d'un moulin ou le toit pointu d'une maisonnette. Tout son univers miniature était en dormance, enseveli. Je soupirai en contemplant ce spectacle désolant. Comprenant ma déception, il entreprit de me faire sourire en me faisant un bon café dont il a le secret et en me racontant une anecdote qui me laissa songeur.

Je m'assis, tout ouïe, avide de découvrir des bribes d'un passé dispensé avec parcimonie. Il était en vacances avec ses enfants au bord de la mer. Un soleil radieux brillait ce jour-là mais une de ses filles en avait marre de faire des châteaux de sable ou de patauger dans l'eau. Elle lorgnait vers le sac de son père qui contenait des crayons de pastel gras dont il venait de faire l'acquisition pour un projet de sa femme. Le fait de savoir que les crayons ne lui étaient pas destinés redoublait son envie de les tenir entre ses petits doigts. Le sac renfermait aussi du papier, un paquet de belles feuilles blanches à esquisse acheté au même moment, bref, un attirail propre à intéresser toute fillette normalement constituée à la recherche d'une activité nouvelle.

Ces crayons dépassant de son sac représentaient de purs appâts pour un jeune enfant. Il venait d'en prendre conscience. Après hésitation par égard pour sa femme qui voulait ses pastels en un morceau, il consentit à lui en tendre un. En retirant délicatement la première feuille du paquet, il lui posa une devinette, question de rendre le prêt plus ludique.

— De quelle couleur est le ciel le jour ?

Retenant toujours le crayon bleu et la feuille que la petite tentait d'attraper jusqu'ici en vain, il attendait la réponse. Quelques secondes de silence augmentèrent le suspense. Puis, ses yeux noisette pétillèrent de malice et elle rétorqua :

— Et bien. Tout dépend. Si je suis sur Mars, le ciel sera rose. Si je suis sur la Lune, il me semblera noir. Si je suis sur Vénus, il me paraîtra jaunâtre, alors que vu de la Terre, il sera bleu.

Léon, estomaqué fut bien obligé de lui prêter, outre le bleu, les pastels jaune, noir et rose. Il ne sut jamais si sa fille avait rusé dans le but d'obtenir un choix de couleurs plus large pour dessiner ou si sa réponse reflétait surtout des connaissances avancées pour son âge, une forme de culture infuse. Peut-être répétait-elle aussi des propos glanés chez son astronome amateur de père ou chez l'aînée, forte en sciences. Son orgueil paternel l'inclinait à croire plutôt aux premières hypothèses. L'intelligence faisait partie des dons qu'il espérait de tout cœur avoir transmis à ses enfants, pour leur court passage sur terre.

Aucun de ses murs n'exhibait de photos des membres de sa famille. Malgré tous mes efforts, j'avais du mal à imaginer leur visage. J'avais failli lui en faire l'observation ce jour-là, mais je m'étais retenu. À sa place, j'aurais sûrement agi de la sorte en éliminant de mon univers familier toute référence trop sensible — comme le sont les photos – à cette période idéalisée où ils avaient formé un clan uni. Néanmoins, selon certaines remarques qu'il lançait de loin en loin, je les imaginais tous beaux et brillants. Une sorte de famille idéale ou rendue telle par sa disparition inique et prématurée. De la même façon, lorsque je lui dépeignais mon père, les superlatifs fusaient sans que j'en aie toujours pleinement conscience. Chacun doit assumer l'ascendant de ses morts.

Je lui ai aussi annoncé que mon lancement était prévu pour le 25 mars prochain. Léon m'a assuré de sa présence en se réjouissant du peu de temps à attendre. En ce qui me concerne, cette date me paraît à la fois proche et très lointaine, presque nébuleuse. Par contre, j'aurai droit à un exemplaire du livre fraîchement sorti des presses avant ce fameux soir et c'est peut-être le moment auquel je rêve le plus.

J'avais assuré ma mère que j'irais voir Gisèle à sa place la semaine dernière. Promesse tenue. J'en ai profité pour l'interroger à nouveau sur l'infirmière compromettante, mais sans résultat. À l'accueil, ils étaient dans l'impossibilité de me divulguer le nom d'une ex-employée. Aucune aide à espérer non plus de ses voisins de palier, tous plus ou moins hagards. Je m'en fais peut-être pour rien avec cette fuite, au demeurant mineure.

Maintenant, maman va mieux. Elle a repris le travail après quelques jours passés à se rétablir à la maison. On lui a fortement recommandé de se faire vacciner contre la pneumonie pour ne pas revivre d'épisode semblable. J'ai accepté de me faire administrer moi aussi le Pneumo-vax par solidarité et sous son insistance toute maternelle.

Ma mère voulait connaître les détails de ma visite au centre de soins prolongés effectuée trois jours plus tôt. Je n'avais pas de très bonnes nouvelles à lui apprendre. J'avais côtoyé pendant près d'une heure une Gisèle amoindrie, au jugement altéré. Cela corroborait les impressions de ma mère issues de ses dernières visites. Un autre détail l'avait alertée : l'oubli de son anniversaire depuis toujours souligné par l'envoi d'une belle carte. Plusieurs autres signes confirmaient le diagnostic : yeux absents, marmonnements inintelligibles, subits retours en enfance ou incapacité de suivre la conversation; sa santé avait bel et bien périclité ces derniers temps.

Je songeai avec stupeur à la carte interceptée, regrettant presque de l'avoir détruite. Car, désormais, le texte y figurant symbolisait son poignant chant du cygne. Dans cette missive de Gisèle se cristallisait sa dernière fulgurance de lucidité avant la déliquescence cérébrale qui devait suivre, en mode accéléré.

Dorénavant, tout sursis ou rémission semblait utopique. C'en était fini de ses jeux de mots, de sa clairvoyance intellectuelle, de ses conseils d'aînée rompue à l'art de vivre. À ses côtés, dans sa chambrette, on assistait en direct à la mise en jachère de son cerveau. Les visites que moi et ma mère continuions à lui faire, en alternance, devenaient de simples formalités propres à remplir la case « devoirs et charité » de notre échiquier mental. Nous en revenions tous deux à la fois vidés par le spectacle de désolation auquel nous devions assister mais aussi revigorés, en sentant couler par contraste la force vitale dans nos veines.

Ma mère commence déjà à rassembler et à classer les papiers importants, testaments, placements bancaires, préarrangements et autres, confiés naguère par Gisèle. En tant qu'exécutrice testamentaire, elle doit se tenir prête.

11 mars

Je ne suis pas mécontent. Léon a enfin laissé tomber la dame qu'il fréquentait depuis quelques semaines. Il m'avait parlé d'elle à trois ou quatre reprises l'automne passé. C'était une partenaire de bridge d'âge mûr, mais encore séduisante, appréciant beaucoup sa compagnie. La réciproque était plus mitigée. Une bête querelle gustative mit fin à leur amitié. Elle l'avait invité à un dîner très simple après leur partie de cartes. Et en lui présentant son potage de couleur incertaine concocté expressément pour lui, il eut droit, afin de meubler une conversation déficiente peut-être, à un interrogatoire en règle sur les légumes constituant le mets. Il échoua lamentablement le test. Plus il essayait de deviner, plus il se fourvoyait.

Devant ce brouet insolite, ses souvenirs ne lui étaient d'aucun secours. Et comme il n'avait pas l'intention de révéler son agueusie ou de s'étaler sur les circonstances de son avènement, il dut se plier au ridicule de la situation sans houspiller. L'autre y vit de la provocation, un manque de respect et de reconnaissance envers sa cuisine.

Cette semaine, à la séance de bridge, elle avait changé de coéquipier. Comment discerner les raisons profondes d'un malentendu ? La veuve avait-elle vécu un quart de siècle sous l'égide d'un mari ingrat n'ayant jamais su apprécier sa recherche gastronomique ? Nourrissait-elle jour après jour des enfants indolents, capricieux, levant le nez sur les plats qu'elle mitonnait avec finesse ?

Quoi qu'il en soit, leur désunion m'était avantageuse, car Léon devenait ainsi plus disponible à notre amitié.

14 mars

Hier, Léon m'a demandé d'un drôle de ton comment se nommait ma grand-mère malade. Depuis quand s'intéresse-t-il à elle ? Enfin, après avoir assouvi sa curiosité en ajoutant, à sa demande, certains détails sur sa vie, je le vis s'assombrir soudain, comme accablé par mes propos. Je mis cette attitude sur le compte d'une crainte légitime. L'Alzheimer rase nos souvenirs un à un, jusqu'à notre identité, tel un bulldozer. N'importe qui doit trembler devant l'éventualité de sa frappe aléatoire. Il me quitta plutôt froidement. Sans doute avait-il quelques tracas dont il ne voulait pas faire étalage.

17 mars

La tranche est odorante. Spontanément, je l'approche de mon nez en faisant tourner les pages entre mes deux mains, ce qui fait l'effet d'un puissant éventail. Le parfum frais de l'encre s'engouffre dans ce courant d'air et m'enivre. Je répète l'opération quelques fois avant de m'en lasser.

Chez mon éditeur, j'ai joué la carte de la sobriété, presque de l'indifférence souriante. Mais je suis maintenant revenu à mon appartement. Au diable la retenue ! Personne n'a à être témoin de ma félicité, du sentiment triomphal et euphorique qui m'assaille. Je touche ce livre, le soutiens de mes doigts. Je relis le quatrième de couverture, contemple la page de garde, parcours l'incipit. J'ai besoin de m'en assurer; oui, c'est bien le roman présenté, celui m'ayant valu d'être publié. Les coquilles, je les traquerai plus tard. Pour l'heur, seule la joie occupe mon esprit. Je m'arrête d'écrire et cours la savourer.

25 mars

Grand soir.

Comme a coutume de le faire le ministre des Finances avant la présentation de son budget, j'ai pensé m'acheter de nouveaux souliers pour marquer le coup. Une belle paire de chaussures brun foncé, surpiqûres contrastées, en cuir souple. Maman, Christophe, Léon, ma tante, les cousins les plus proches, quelques amis ou anciennes flammes et même Irène, ma patronne ainsi que deux ou trois autres collègues sont là.

Je m'avance, sur mon tapis rouge imaginaire. Mais la réalité occultée par mon enthousiasme a tôt fait de me rattraper. En bon prince, je réfrène une moue passagère. Mon livre n'a pas droit à un lancement individuel. Le contraire eut été étonnant d'ailleurs pour le premier roman d'un auteur inconnu. Sur une longue table s'étalent des petites piles d'ouvrages différents, romans, essais, poésie, de signatures tout aussi diversifiées. Un peu perdu au milieu de ces bouquins aux jaquettes accrocheuses, mon roman se faufile entre une plaquette et une brique. Le dessin abstrait de la page couverture n'attire pas l'œil dès le premier abord, mais captive celui qui s'y attarde un peu. Des arabesques aux tons terreux, aux reflets bronze s'imbriquent et tournoient autour du titre en lettres

stylisées, mais sans empattement, de couleur citrine ou char-
treuse, je ne sais trop. L'impression d'ensemble me plaît
même si je n'ai pas eu mon mot à dire.

Il y a deux jours, un sale rêve m'a pourtant mis tout à l'envers. Je recevais un appel avant la mise en page finale de mon
livre. Le graphiste tenait à s'assurer du prénom de l'auteur à
inscrire sous le titre. Une infirmière digne de confiance lui
avait parlé de « Sébastien ». L'éditeur, pour sa part, avait
« Bastien » dans ses feuilles de références. Bref, les informations ne concordaient pas. Perplexe, l'homme au bout du fil
me contactait pour régler ce litige. Après une profonde inspiration, je m'apprêtais à prononcer lentement, en articulant,
mon nom. Mais, aucun son ne sortait de ma bouche.

Un silence sidéral impossible à rompre. L'autre finissait par
raccrocher, conforté dans sa première idée. Je me transportais
chez l'imprimeur. Le typographe, brucelles en mains, mettait
la touche finale à la plaque d'impression. La langue sortie,
l'air complètement absorbé par sa tâche, il déposait une à une
les lettres à inscrire, insistant sur le « S » et le « é » initiaux. Et
le livre partait à l'impression, affublé du prénom paternel en
page couverture. J'assistais, impuissant, à l'étampage effréné
de la page titre, cent fois, mille fois, sur ces presses d'une autre
époque. Je revoyais l'erreur se répéter, s'étendre à toute la production, malgré mon regard implorant, catastrophé.

Je me suis réveillé en sueur, dans le même état qu'après
mes rêves de brasiers infernaux.

Seulement, le réalisme était ici plus palpable encore. La situation onirique paraissait moins critique à première vue, mais elle m'avait pourtant rempli d'effroi.

L'éditeur, au micro, a prononcé d'une voix de stentor son allocution d'usage en présentant les différents auteurs et les nouveaux titres. Certains, comme moi, en étaient à leur première expérience, mais d'autres paraissaient familiers avec la procédure et serraient les mains avec entregent. Les coupes de vin se vidaient, entraînant un réchauffement progressif de l'atmosphère. J'étais partagé entre le devoir de rester auprès de mes amis tout en m'entretenant avec les membres de ma famille qui avaient eu la délicatesse de venir et l'envie de me mêler aux autres écrivains.

Certains avaient l'air plus jeune que moi, mais la plupart semblaient dans la trentaine, la quarantaine, voire d'âge mûr. Des femmes et des hommes, en proportion assez égale. Une seule beauté dans le lot m'avait frappé. Petit manteau d'astrakan gris, look un peu *vintage*, les cheveux noirs mi-courts, une peau veloutée, très pâle, des yeux marine au maquillage charbonneux. Je m'apprêtais à aller la saluer quand un grand ténébreux s'est pressé à ses côtés, l'entourant de son bras de gorille sans la faire sourciller. Il était clair qu'elle n'était pas libre. Ne me sentant pas d'humeur à rivaliser avec ce fiérot, j'ai offert à ma mère d'aller remplir son verre de vin. Mon éditeur quittait la table de service et en a profité pour me réitérer sa confiance relative à l'accueil de mon bouquin. Peut-être répétait-il ce mot d'encouragement à chacun de ses auteurs ce qui, le cas échéant, en atténuait fortement la portée. J'ai tenté de le savoir en le suivant un moment du regard, mais en vain. Il papillonna de-ci de-là pour finir par converser avec sa directrice littéraire.

Ça me faisait tout drôle de voir mon livre sous le bras de plusieurs invités. La plupart des acheteurs me demandaient une dédicace et je m'appliquais à trouver un mot personnalisé à chacun. Les formules devenaient néanmoins répétitives et peu inspirées, mais je me rassurais en songeant que peu de gens s'amuseraient à les comparer pour y déceler des redites. Du reste, l'on me pardonnera sans mal la banalité de mes dédicaces produites sur le vif en regard de la valeur des pages intérieures du roman proprement dit.

— Mon... mon talent a besoin de temps, de réflexion et de recueillement pour se déployer, il est plus ardu de performer sur le coin d'une table, à la demande, plutôt qu'à son écritoire seul et dispos.

Je m'excusai ainsi à un homme d'aspect timoré qui m'avait tendu son livre. À son regard admiratif, je répondis par un sourire pincé puis cherchai Léon des yeux.

Ma mère, gonflée d'orgueil en posant les yeux sur son fils, souriait, un peu en retrait. Elle se tenait contre sa sœur mais avait daigné échanger quelques politesses avec mes amis, dont Léon qui n'avait pas eu encore l'occasion de la féliciter pour ses confitures. Elle paraissait flattée de voir soulignés ses talents créatifs. Tout le monde ne peut pas signer un best-seller, une symphonie ou peindre un chef d'œuvre.

Pour beaucoup, la reconnaissance de leur singularité, de leur don, passe plutôt par des ouvrages non moins remarquables en dépit de leur modestie. Je pense au jardin de Léon, aux douceurs concoctées par ma mère, aux tricots de ma tante de facture si professionnelle, aux dons d'acteur de mon père dans les pièces d'amateurs où je l'ai vu jouer, ou aux doigts agiles de Christophe défilant sur le piano, fort de ses 12 ans de cours privés suivis durant sa jeunesse. L'entendre m'ébahit toujours, alors que je peine moi-même à jouer *Au clair de la lune* d'un index mal assuré.

J'ai fini par sympathiser avec une auteure replète et extravertie. Parmi les écrivains présents, elle me semblait facile d'approche. Elle s'appelait Michelle comme ma mère et paraissait sensiblement du même âge. Au fil de la discussion, j'ai réalisé qu'avec son œuvre imposante toute publiée à la même enseigne, elle figurait un peu comme un des piliers de la maison d'édition. Elle m'a parlé des rouages du milieu, des critiques parfois malveillants, de la corvée de promotion suivant chaque publication. J'aimais son éloquence et les précieuses informations qu'elle me prodiguait du haut de son expérience. À la fin de notre entretien, il m'a paru tout naturel d'acheter son roman, avec l'escompte dont je bénéficiais en tant qu'auteur et elle m'a rendu civilement la pareille. J'ai eu envie de lui demander si l'éditeur rassurait toutes ses ouailles inquiètes face à la réception de leur livre, si son enthousiasme était le même envers tous les bouquins de ses auteurs, mais je me suis retenu. Après tout, cela ne me regardait pas. Malgré

la volonté d'un traitement homogène, il devait avoir avec chacun une relation unique.

La soirée se déroula à peu près selon mes attentes. Le léger
trac dont j'étais affublé me semblait normal. Tout a failli mal
tourner pourtant lorsque je distinguai au fond de la salle une
jeune femme en imperméable beige, d'une blondeur véni-
tienne. Rébecca. C'était elle. J'en étais persuadé. L'étudiante
que je payais au secondaire pour rédiger mes compositions.
Venait-elle me narguer ? Je m'étais approché d'elle, résolu à
tirer l'affaire au clair. Placée de trois quarts, avec deux ou trois
livres dans les mains, elle discutait calmement avec une amie.
Le cœur me débattait. Plus je m'approchais, plus je me for-
geais des scénarios d'épouvante. Avait-elle deviné mon subter-
fuge ? Me dénoncerait-elle ? Serais-je traîné en cour ? ou, à
défaut, traîné dans la boue ? Toute mon ambition au fond se
résumait à devenir quelqu'un… Pouvait-on m'en faire reproche ? J'étais à sa portée, trois pas encore et je lui toucherais le
bras. J'entendis alors sa copine s'esclaffer en un « Franche-
ment, Mélanie ! Tu charries ! » Changement de cap. Je pivo-
tai puis coupai vers la gauche, remerciant tout bas cette fille
de m'avoir épargné une scène humiliante. Je jetai un dernier
coup d'œil vers ce sosie de Rébecca. Elle me faisait face maintenant. Le nez était différent, les yeux, plus rapprochés…
Comment avais-je pu être confondu, même un instant ! Avoir
le trac, est-ce se sentir un peu… « traqué » ? Un verre de vin
bu à grands traits acheva de m'apaiser. Je rejoignis Léon et ne
le quittai plus.

Mes ventes d'immeubles se concluent sans feu sacré ces jours-ci. Je suis dans l'attente. Dans l'attente des résultats. Juste au lancement, plus de vingt-cinq exemplaires du *Défet* se sont envolés. J'attends maintenant les commentaires. Ma mère, ma famille, mes amis, devraient bientôt me présenter leur verdict. À l'heure qu'il est, même Solène doit avoir reçu mon livre dédicacé dont les frais d'envoi par ExpressPost ont été assumés par maman. Et tous ces inconnus qui choisiront ce livre en librairie, l'aimeront-ils ou, au contraire, le délaisseront-ils après quelques pages ? Comme je voudrais connaître les raisons de leur jugement ! Avec un peu de chance, quelques lecteurs spécialement formés prendront peut-être publiquement la parole ou la plume pour en faire la critique. Sera-t-elle louangeuse, mitigée ou exécrable ?

Tenaillé par l'angoisse, je me réfugie dans le travail. Je ne m'y vautre pas avec délice, mais le fait d'œuvrer dans un domaine concret, de faire passer des habitations de main en main, au meilleur prix, m'apaise un peu. Mon métier, décrié par certains, ne jouit pas d'une réputation enviable et comporte sa dose d'hypocrisie. Cependant, il permet d'avoir accès à une mine d'informations sur la vie des gens. Pour tout individu curieux de nature, ça constitue une aubaine.

Les déménagements coïncident souvent avec un événement important, que ce soit, et pas nécessairement dans cet ordre un peu convenu, un mariage, un bébé à naître, un divorce, le départ des enfants ou un deuil. Sous-jacente à cette transaction majeure se profile toujours une volonté de changement. Hélas, comme il m'est souvent arrivé de le réaliser, acheter une maison fait croire à encore trop de monde que cela suffit pour changer de vie, évoluer, balayer le passé, faire table rase et repartir à zéro. Et même si le réveil est parfois brutal, cette illusion a de beaux jours devant elle et contribue indirectement à la fortune des agents immobiliers, ce dont je ne saurais me plaindre.

24 avril

Mon roman a été remarqué par un critique influent. Son éloge, paru dans les pages d'un quotidien, est tel que j'entrevois l'avenir avec plus de confiance. Ces commentaires dithyrambiques seront-ils suivis par d'autres ? Je me croise les doigts.

Solène m'a téléphoné pour me présenter ses excuses, d'une part, et ses félicitations, de l'autre. Elle m'a avoué avoir d'abord douté de mes talents littéraires. Comment ne pas lui donner raison ! Elle se souvenait mieux que personne de mes tractations coûteuses pour obtenir des notes convenables à mes dissertations. C'était un de nos secrets partagés en cette période de connivence juvénile.

À la façon des analphabètes prétextant l'oubli de leurs lunettes ou un autre doux mensonge pour solliciter de l'aide sans perdre la face, mes commandes de l'époque adressées à mes « nègres » ne se concluaient jamais dans la reconnaissance de ma nullité d'homme de plume. Je sauvais les apparences en invoquant, par exemple, une tendinite au poignet – ça sonnait très blessure sportive un brin virile, ce qui plaisait généralement à mes assistantes – ou encore un bris d'ordinateur. En dernier recours, pour une « nègre » sensible et naïve, je sortais l'histoire du chiot glouton ayant déchiqueté l'unique exemplaire de mon travail quasi achevé.

Ayant manœuvré habilement durant toutes ces années, personne, hormis ma sœur, n'aurait pu émettre des réserves sur mes velléités d'écrivain. Ma paranoïa de l'autre soir face à cette fausse Rébecca était irraisonnée. Aussi, voir Solène conquise par ce roman portant ma signature me procurait une satisfaction supérieure à quelque bonne critique éditée.

En outre, nulle lueur de jalousie ne venait ternir ses éloges. La rivalité frère sœur, qui aurait très bien pu teinter son propos ou transparaître derrière ses flagorneries, était absolument indiscernable. À croire que le fief auquel je prétendais ne l'appâtait pas assez pour m'en disputer l'apanage. En agronome aguerrie, elle trônait avec confort sur sa profession, loin des feux de la rampe et de la gloriole des créateurs de tout acabit. Dotée d'un sens inné de l'esthétique et consommatrice de culture à ses heures, elle savait reconnaître et apprécier les œuvres de goût. Voilà qu'elle s'inclinait devant l'une d'elles dont je passais pour l'auteur. Je n'allais pas bouder mon plaisir.

30 avril

C'est arrivé mardi dernier.

Jamais rien vécu de tel. Des signes avant-coureurs ? Oui et non. D'accord, j'aurais peut-être dû être plus attentif à mes malaises des derniers temps. Mais, honnêtement, comment se préparer à… ça ?!

On m'a invité à une émission radiophonique pour parler de mon bouquin. *A priori*, je me sentais heureux, serein, à peine nerveux. Je m'étais préparé avec soin en enfilant mes plus beaux atours, même si je savais n'être reluqué que par l'intervieweuse. J'avais bien en tête le texte et sa genèse cousue de fils blancs. Je me sentais en parfaite maîtrise de mon sujet et de tous ses à-côtés.

À moult reprises, déjà, je m'étais imaginé un scénario de l'entrevue et en moi-même, j'avais répondu sans accroc à toutes les questions envisageables. Ne me restait plus qu'à réitérer ce petit exercice en contexte réel.

Délaissant mon auto pour éviter les stationnements coûteux, j'ai emprunté le métro pour me rendre aux bureaux de la chaîne de radio. Le trajet était direct et l'endroit, tout près du centre-ville. J'ai ouvert la lourde porte vitrée et je me suis engouffré dans un large corridor animé, bordé d'ascenseurs. Après avoir appuyé sur le bouton d'appel, je me suis tenu coi en évitant d'observer les gens autour de moi. J'avais besoin de recueillement, de concentration, de toute ma disponibilité mentale pour l'entrevue.

J'entendis alors une voix polie me poser une question. Je ne saisis pas du premier coup. La personne dut répéter.

— Excusez-moi, vous avez l'heure, monsieur, s'il vous plaît ?

Je consultai ma montre-bracelet et lui répondis en esquissant un sourire, mais c'en était fait de ma superbe. Dès lors, tous ces hommes et ces femmes qui circulaient d'un pas empressé, qui entraient et sortaient des ascenseurs, qui se glissaient à l'intérieur de locaux d'apparence semblable, qui descendaient ou montaient les escaliers tout au fond munis de mallettes ou de serviettes de cuir m'apparurent comme une masse grouillante, informe et vaguement hostile. Leur présence devenait soudain incontournable et envahissait par strates les confins de ma conscience.

La sonnerie brève suivie de l'ouverture des portes me rappela à la réalité de l'ascenseur. Je me laissai emporter par le flot en jouant du coude à coude. La poussée brutale me fit éprouver durant toute la montée une force G propre à mettre l'estomac à l'envers. Je ne laissai rien voir et empruntai l'air qu'arboraient tous mes voisins de cabine : un regard absent et lointain, comme absorbé dans une neutralité de façade.

Arrivé au bon étage, je me dégageai doucement de la cohue par un mouvement leste de l'épaule et je crus enfin pouvoir respirer. Peine perdue. Arriva le vertige. Le tapis ras prit l'aspect de sables mouvants. Je le foulai en m'enfonçant, en m'enlisant un peu plus à chaque pas dans ce long corridor menant au studio. Je me sentais perdu, privé de repère. Un

sang glacial coulait dans mes veines et pourtant ma tête bouil-
lait. Sueurs, tremblements. Les fourmis assaillirent mes bras.
Je les secouai sans succès. Était-ce le prélude de ma fin ? La
mort s'immisce-t-elle ainsi quand notre heure arrive ? Ne plus
rien voir, ne plus ressentir. Être à mille lieux. Je continuais
d'avancer pourtant, comme un automate conduit par un devoir inexorable.

J'ai fini par arriver jusqu'à la poignée de porte, parvenant
même à la faire tourner pour l'ouvrir. L'animatrice m'accueillit d'un large sourire en m'entraînant plus avant dans son
petit local.

— Ça va bien aller, installez-vous là ! Je reçois souvent de
jeunes artistes à l'émission, vous savez ! Je sais ce que c'est !
C'est normal d'avoir un peu le trac ! Vous allez voir, après dix
secondes, tout le stress s'en ira, pffffffittt ! comme ça, en
fumée ! J'ai de l'eau plate ou du Perrier si vous préférez…

J'avais envie de lui crier d'arrêter, de laisser tomber l'entrevue, de tout remettre à plus tard. Je n'allais pas bien, à l'évidence. Un vulgaire trac ! Voilà à quoi était réduit ce feu aux
joues alors qu'il recouvrait un problème beaucoup plus profond. Je traînais ma détresse comme une croix. Un fardeau
bien lourd pour mes frêles épaules. Rien à rationaliser, que
des sensations horribles qui se succédaient, pire, s'accumu-
laient. L'animatrice ne se rendait compte de rien parce que les
derniers reliquats de mon énergie, instinctivement, servaient
à me composer une présentation socialement convenue.

Il est plus aisé de réclamer du secours pour une défaillance cardiaque, une crise d'asthme ou une fracture que pour une attaque de panique ou une poussée d'angoisse inopinée. Selon le grand cadran lumineux au mur, il me restait dix minutes avant d'entrer en ondes. J'attaquai.

— Nnn, non. C'est… Ce n'est pas ça. Mmmm… une allergie. Oui ! Je dois réagir à… Déjeuné au restaurant et… les œufs !! Suis allergique aux œufs. Il… devait en avoir dans le pain ou… J'étouffe… Je dois m'en aller… Épipen dans le coffre à gant de mon auto… St… stationnée pas loin. JE DOIS PARTIR ! Vous comprenez !?!!

Me levant d'un bond, je bousculai au passage la bouteille de Perrier qui roula sur le plancher. Je n'entendis pas ce que dit l'animatrice. Mais l'écho de ses paroles et du roulement du verre accompagna mes pas un moment.

Je parcourus les mêmes corridors en sens inverse. Je pénétrai dans le même ascenseur, le cœur battant, le feu aux tempes. J'essayais d'oublier la présence des autres, de toutes ces personnes avançant, à grandes enjambées ou à petits pas, absorbées dans leurs pensées ou discutant avec des collègues. Ne pas m'évanouir, ne pas sembler bizarre ou souffrant, sortir vivant de cet édifice constituait mes seules pensées.

Une fois sur le trottoir, je hélai un taxi. Au moment de régler la course, je lui tendis un billet en soufflant un merci quasi inaudible, sans réclamer la monnaie. Il me prit sûrement pour un être généreux et je préférais lui renvoyer cette image plutôt que celle d'un anxieux pathologique.

Un instant plus tard, je me retrouvai au milieu de mes meubles, en terrain connu, allié, et je me laissai choir sur mon canapé en fermant les yeux.

Je ne sais combien de temps j'ai dormi, mais lorsque je me suis réveillé, il faisait nuit et la lumière de la pleine lune entrant par la fenêtre du salon irriguait la pièce d'un éclat bleuté un peu surréel. Je me sentais reposé et plein de quiétude. Ma mésaventure m'apparaissait déjà comme lointaine, ancienne et révolue. Un simple incident dans un parcours par ailleurs sans tache. Les ventes de mon livre ne fléchiraient tout de même pas à cause d'une vulgaire entrevue radiophonique reportée. J'aurai probablement droit à cette seconde chance qu'il est peu courant de se voir accorder, en l'occurrence. Une des recherchistes de l'émission étant une bonne amie de ma mère, elle intercédera en ma faveur, auprès de l'animatrice, à n'en pas douter. Nous n'aurons alors qu'à nous entendre sur une nouvelle date. Une raison médicale d'urgence, voilà un alibi de poids pour se dérober à ses engagements ! Faire gaffe toutefois de ne pas en abuser…

Cette seconde fois, tout ira pour le mieux. Je m'occuperai de cela sans faute, dès lundi matin. C'est ce que j'ai assuré à mon éditeur, furieux de ma volte-face au studio de radio. À la mention de mon contact parmi les recherchistes et de ma confiance d'obtenir un nouveau rendez-vous, il s'est radouci. Ainsi, je n'ai pas eu besoin de m'étendre en long et en large sur cette supposée réaction allergique foudroyante.

Léon s'est fait offrir deux billets de concert et a pensé m'en faire profiter. Au programme, Mozart et Hindemith avec une altiste invitée. Je vais rarement au concert. En revanche, je possède une bonne collection de musique classique que j'écoute volontiers au retour du travail. On est passé d'abord chez lui prendre l'apéro. Je n'ai pas cru bon lui relater ma visite récente au studio de radio. Je l'ai plutôt informé de ma seconde convocation, passant pour la première à ses yeux, et d'un autre engagement pour demain. En effet, un journaliste venait de me convier à un bistrot sympathique de mon quartier pour une entrevue. Et mon éditeur m'a parlé de la possibilité d'un autre article sur mon livre, selon des tractations dont lui seul a le secret, et d'une troisième entrevue pour le compte d'un quotidien au sein duquel il entretient de bons rapports avec certains journalistes. Les prochains jours s'annoncent assez occupés.

Juste avant le début du concert, bien lové dans mon siège, au moment où les musiciens accordaient leur instrument en une cacophonie douce à l'oreille, je me penchai vers Léon pour le remercier. De cette invitation, mais plus généralement de son amitié, devenue en peu de temps précieuse. Était-ce le vin qui me rendait sentimental ? Je ressentais le besoin de souligner cette complicité. Mon père étant disparu trop tôt pour que j'aie l'occasion de vivre avec lui des sorties de cette nature, je ne voulais pas répéter cette erreur, a fortiori avec un vieil homme pouvant disparaître incessamment. Je me serais mal vu venir ici avec Christophe. La plupart de mes amis étaient plus prompts à dépenser pour des billets de concert rock que pour explorer le répertoire classique. Encore une question de génération. D'ailleurs, je remarquais, sans surprise autour de moi, une majorité de têtes poivre et sel.

L'orchestre peut être perçu comme un microcosme de la société, une représentation magnifiée de celle-ci, utopique. L'harmonie y règne. Le chef d'orchestre veille à cette harmonie, la préserve jalousement. Ici, les seconds violons cèdent les honneurs aux premiers, de bonne grâce. La contrebasse accepte son rôle de subalterne et le hautbois, de faire-valoir. L'individualisme est mis en veilleuse, l'orgueil de chacun s'amuït. Tous s'inclinent, devant le morceau à jouer, plus beau, plus grand qu'eux mêmes

Nous étions placés à mi-chemin au parterre, en bordure gauche de l'amphithéâtre. De cet angle, le chef d'orchestre ne nous faisait pas tout à fait dos. Dès le début du premier mouvement, on put le voir s'animer et s'agiter avec fougue. Ses cheveux grisonnants, ses bajoues et son léger embonpoint dénotaient un âge contredit par sa vivacité et son énergie. J'aurais eu bien du mal à l'évaluer. Après avoir observé tour à tour chaque musicien, je revins à lui, pour tâcher de mieux saisir son essence.

J'examinai son visage. La peau de ses joues remuait à chaque hochement de tête marquant le tempo. La bonhomie de son faciès, que j'avais déjà eu l'occasion de constater sur des affiches, s'effaçait complètement dans le feu de l'action pour faire place à une vigueur, à une impétuosité toute virile. Le sourcil longuet, plutôt hirsute, froncé à bon escient lors des passages corsés, ajoutait un effet dramatique au personnage. Bientôt, de fines gouttelettes brillantes perlèrent çà et là sur ses tempes. Je remarquai l'absence de baguette. Ses mains scandaient le rythme et, par la diversité de leurs mouvements, elles semblaient en mesure d'exprimer davantage qu'un simple bâton à pommeau de liège. Très expressives, elles ondoyaient dans l'air pour ensuite, d'un geste leste, ramasser la musique, la secouer, en presser tout le suc, comme si les notes se matérialisaient sous ses doigts, en paquets compacts.

Son habit noir en queue-de-pie parachevait son aura de prestance. J'étais conquis par la musique, par l'orchestre et par son chef. Je me délectais en ces lieux comme en un havre hors du temps, une oasis d'élection. J'en oubliai mon roman, mon entrevue du lendemain et mes ennuis de l'autre jour.

Du coin de l'œil, j'étudiais le visage de Léon, à même d'illustrer mes réflexions. Privé d'un sens précieux, il en avait compensé la perte en développant les autres. Ses traits paraissaient un peu crispés, sa concentration manifeste. Son corps semblait en état d'écoute, comme on dit être en état d'alerte. La chair de poule sur son bras, dans cette pièce surchauffée, traduisait son émotion musicale. Contrairement à la visite au musée, quelques semaines plus tôt, où nos sensibilités demeuraient parallèles et nos ravissements, respectifs, nous éprouvions un sentiment rare, à l'unisson, devant Mozart réinventé.

Je ne comprends pas. Je ne m'explique pas ce qui s'est passé hier au bistrot. Le ciel pourtant resplendissait. Les fleurs de magnolias déjà à moitié tombées embaumaient toujours tandis que celles des pommetiers en boutons prenaient le relais et commençaient à s'ouvrir, surchargeant l'air de parfums, sans compter çà et là les taches rouges et jaunes des jonquilles et des tulipes sur les parterres exigus. Je remarquais davantage ces détails horticoles depuis que je connaissais Léon. Sa passion pour la flore avait peut-être déteint sur moi. Habitant la ville, entouré de bitume, de grandes artères, de commerces et de gratte-ciel, j'avais tendance à négliger l'observation de la nature et de ses cycles. J'avais perdu la notion des saisons.

Hier donc, d'humeur bucolique, sans toutefois me départir de mon urbanité, je marchais vers mon rendez-vous d'un pas allègre. Mon café et mes deux rôties étaient déjà digérés depuis un moment et je m'imaginais sans mal en train de croquer dans un panini bien garni accompagné de salade fraîche, tout en devisant de mon roman à bâtons rompus.

Au moment où j'ai passé le seuil du bistrot, une sensation étrange s'est emparée de moi. Mon regard a embrassé la pièce. Une dizaine de tables étaient occupées sur une possibilité d'environ une vingtaine. Ainsi, le restaurant n'était ni bondé ni tout à fait vide. Des couples, des étudiantes, un sexagénaire plongé dans son journal; en procédant par élimination, je reconnus rapidement le pigiste d'âge moyen qui m'avait donné rendez-vous. Déposée entre la salière et la poivrière, sa petite enregistreuse portative me permit de l'identifier hors de tout doute. Il me faisait dos et semblait attendre quelqu'un. Et ce quelqu'un commençait à éprouver de l'inconfort. Bientôt, je fus en proie à un malaise généralisé. J'étais toujours debout, interdit, hésitant à m'avancer plus avant. Je sentais l'imminence d'une catastrophe sans pouvoir en définir la nature. Les clients devaient percevoir mon désarroi. Pourtant, nul ne semblait me dévisager ou m'accorder d'attention particulière. Je superposai l'image de mon salon, du refuge de mon modeste appartement pour tâcher d'endiguer cette angoisse déferlante. Peine perdue. Le même mal, celui ressenti avant l'entrevue radiophonique, revenait à la charge, comme une bête en furie cherchant à m'encorner. Bientôt, je me sentis seul contre tout un troupeau, ruant, piaffant, grognant, m'ayant pris pour cible.

Les autres me paraissaient envahir mon espace vital. Ne pas me faire remarquer, ne pas laisser voir mon trouble. Ces consignes étaient les seules phrases claires résonnant dans ma tête. Je ne pouvais rebrousser chemin une deuxième fois. Admettre mon incapacité à assurer le service après-vente de mon roman était prématuré et mortifiant.

Pour me redonner une contenance et me rendre à nouveau invisible, j'entrepris d'effectuer des gestes simples répétés par tous. Habituellement machinaux, ils étaient cette fois bien réfléchis. Je relevai ma manche gauche pour jeter un coup d'œil à ma montre, sans chercher à savoir l'heure, juste pour avoir l'air du type-normal-à-l'horaire-chargé-qui-consulte-sa-montre. Puis, je me passai la main dans les cheveux en reniflant, comme le font les personnes sûres d'elles.

Ces deux mouvements n'arrangèrent rien. Pire, en les exécutant, je décelai un léger tremblement. J'eus la stupide impression que tous les clients l'avaient remarqué. Ce qui me semblait un véritable séisme devait pourtant être imperceptible. Mais, toute rationalisation était sans effet.

Capituler. Je m'apprêtais à faire demi-tour et à regagner la rue en trombe quand le journaliste a décidé, au même moment, de se retourner. Il a lorgné la salle d'un long regard panoramique où pointaient l'impatience et le souci. Il s'est attardé à ma physionomie et a tôt fait de me reconnaître.

Je ne pouvais plus reculer, pas une seconde fois. Je devais affronter mon cauchemar. Surtout, ne pas avoir l'air fou, bizarre, malade. Je déglutis avec peine, fermai les yeux un court instant en me convainquant qu'au moment de les rouvrir, la force et le courage dont j'avais besoin couleraient à nouveau dans mes veines. Ça y est ! J'arrivai à sourire faiblement même si je sentais mes muscles faciaux tressaillir. « Je suis humain et rien de ce qui est humain ne m'est étranger ». Lu ça quelque part. Un grand auteur latin, je crois. Je m'accrochai à des petits aphorismes du genre en avançant pas à pas vers mon intervieweur.

Une fois les présentations faites, et les excuses bredouillées, il commanda un second café et m'en offrit un avant de mettre en marche son enregistreuse. Je réfléchissais à toute vitesse.

Pas question d'absorber de la caféine en ce moment ! Comment boire ou manger devant témoins quand des tremblements peuvent survenir et me faire perdre toute prestance... Une tisane en plein jour ? Trop grano... Un *smoothie* avec une paille ? Bon compromis. La paille me permettrait d'éviter de montrer mes mains dont le tremblement pouvait me trahir. Je n'aurai qu'à me pencher en allongeant le cou pour aspirer le liquide tout en croisant les bras en une contorsion facile à exécuter. Je choisis cette option.

Puis, je me concentrai sur le moment présent et rassemblai mes idées au sujet du roman. Le type se détendit peu à peu et se permit même de badiner après quelques minutes, peut-être pour me mettre plus à l'aise, car je devais lui paraître coincé, snob ou distant. N'empêche, l'entrevue suivait son cours malgré mon état. Avec la paille et quelques judicieux croisements, décroisements de jambes ou grattages faisant diversion à mes minis tremblements, j'arrivais à émettre mes idées sans trop de difficultés apparentes. À intervalles réguliers, pour contrôler mes poussées de tachycardie, je me répétais que nul ne m'observait, me convainquais que personne ne me dévisageait dans ce restaurant où j'aurais désormais du mal à remettre les pieds. Mon entraînement mental a démontré son efficacité. J'avais si bien mémorisé mon baratin autour de la pseudo genèse du livre, des passages clefs et des origines de ma vocation d'écrivain, que je n'eus qu'à resservir ces propos en bloc à un intervieweur osant peu m'interrompre. Lorsque nous nous sommes enfin levés de table pour régler l'addition et quitter l'établissement, je me suis senti comme Atlas délesté du poids de la Terre. Quel affranchissement ! J'avais survécu. Je ne m'étais pas effondré.

Si cette tendance à la phobie sociale se confirmait, ma vie deviendrait un véritable calvaire. Entre le travail, les sorties, les courses, les rencontres de toutes sortes et, depuis peu, les entrevues, le contact avec les autres est indissociable de la plupart des sphères de ma vie. Mais je ne voulais pas m'alarmer davantage pour l'avenir. Ayant réussi à surmonter mon malaise au bistrot, peut-être pouvais-je réitérer cet exploit lors de mon entrevue à la radio ?

14 mai

Gisèle n'est plus. Son décès remonte à trois jours. Le service a eu lieu ce matin. Je suis allé au Salon faire une brève apparition, mais le souvenir de la dépouille de mon père dans une salle similaire, entourée de plusieurs des mêmes personnes, m'a rendu émotif et inconfortable. Le seul panier fleuri et les gerbes clairsemées autour du cercueil contrastaient avec le catafalque et la profusion de couronnes, bannières et bouquets multicolores qui, dans ma mémoire, occupaient un pan de mur entier. Les trois jours d'exposition du corps avaient à peine suffi pour permettre à tous les proches, et même aux plus lointains, de venir rendre un dernier hommage à Sébastien Comtois.

L'atmosphère aussi différait de façon notable. L'effarement ne se lisait pas sur les visages comme aux funérailles de mon père. Ce matin, les gens n'avaient pas cet air outré, révolté envers le sort. Leurs traits sereins étaient seulement marqués par le recueillement et le devoir de mémoire. Le deuil paraît moins inique surgissant à l'issue d'une longue vie que survenant trop tôt, sans signe avant-coureur.

Au salon, le malaise social fut bien maîtrisable. En demeurant debout, je me sentais moins piégé et je pouvais aller et venir entre les groupuscules ou dans le corridor au gré de mes symptômes. J'avais évité mon café du matin et m'en félicitais, car aucune fébrilité ou tremblement ne m'avait jusqu'ici importuné.

Je songeais à divers épisodes mettant en scène la dégénérescence de ma grand-mère. Une de mes dernières visites demeurait marquante. Assise dans son fauteuil près de la fenêtre, elle faisait face au mur blanc, les yeux ouverts. Seuls leurs clignements rompaient à intervalles réguliers sa parfaite immobilité. Après l'avoir saluée, je lui offris gentiment de faire pivoter sa chaise pour troquer son spectacle morne contre la vue des arbres et du soleil couchant. Mais, elle se rebiffa avec une énergie insoupçonnée sous ses dehors cataleptiques, en marmottant des termes anglais. Cette habitude lui était devenue familière depuis quelques semaines. Elle renouait avec ses racines anglophones. Élevée par une tante d'Ottawa durant trois ou quatre ans au temps de sa prime jeunesse, Gisèle semblait prendre plaisir à se replonger en cette période de son existence. Et le déni de sa maladie s'exprimait le plus souvent dans la langue de Shakespeare. Puis, sans raison, après un long silence, elle me lança :

— I've got all my marbles ! You know ! I've got all my marbles, d'un ton péremptoire.

Cherchant comment meubler la conversation, je m'enquis alors du menu de son souper avalé une à deux heures plus tôt. Elle réfléchit et ces secondes de pause me parurent des heures, quand enfin, elle finit par admettre :

— Well, I don't know ... But I ate ! avec un accent tragicomique portant un éclairage particulièrement crû sur le dénuement de sa pensée.

Parfois, j'entrais dans son jeu et lui rapportais les dernières nouvelles en anglais sans toutefois avoir l'impression d'être écouté. Ce jour-là, sa fragilité me touchait. Je me suis approché d'elle délicatement et je lui ai chanté des airs que mon père me fredonnait, enfant. Ces mélodies tirées du répertoire familial avaient été transmises par Gisèle qui les tenait de sa propre mère. Je la sentis frémir à l'évocation de cet héritage musical. J'avais touché juste. Ce fut la dernière fois où je vis sa bouche plissée esquisser un sourire.

23 mai

Lundi passé, je suis retourné dans l'antre du loup pour mon second rendez-vous avec l'animatrice de radio. Le vide horaire causé par ma défection était presque passé inaperçu, l'invité suivant étant arrivé deux minutes après mon départ.

Fort loquace, il avait utilisé mon temps d'antenne en plus du sien sans se faire prier. J'avais une idée pour tenter de prévenir une autre poussée d'anxiété *in situ*. Peu de temps avant de partir pour mon entrevue, j'ai bu trois verres de vin blanc à une vitesse modérée. Les effets désinhibiteurs et relaxants ne se sont pas fait attendre et c'est dans une relative aisance que je me suis rendu à bon port.

Devant l'ascenseur ou à l'entrée du studio, j'ai dû user de toute ma vigilance pour ne pas ressasser des pensées propres à me replonger dans l'angoisse, m'attardant par exemple à la cimaise du mur, aux feuilles desséchées du yucca dans le coin du corridor ou à l'éclisse discrète au bas de la porte. En observant avec application ces détails sans intérêt, j'occupais mon cerveau tout en maintenant à l'écart les ruminations indésirables. Je sentais monter la panique, mais parvenais à la brider. Elle ne pouvait me prendre par surprise comme l'autre jour. Je la contenais tant bien que mal, surfant sur une lame étroite, en équilibre précaire. L'animatrice comprit vite que l'improvisation n'était pas mon fort. Dès qu'elle s'aventurait hors piste ou tentait de m'en faire dire plus que nécessaire, je la ramenais au vif du sujet en poursuivant avec détermination mon topo bien mémorisé. C'était ma seule façon de conserver un peu de crédibilité et de professionnalisme, quitte à passer pour sévère ou altier. L'alcool coulant dans mes veines était dosé à la perfection. Un verre de plus et mon discours aurait été pâteux, ma mémoire labile. Un de moins et l'anxiété aurait triomphé et suscité la débâcle.

Les commentaires de mes proches ont été positifs. À peine ont-ils relevé une certaine gêne dans le timbre de ma voix qu'ils ont attribuée à un trac tout à fait légitime. Seulement, au quotidien, je ne peux pas compter sur l'éthylisme micro-dosé pour surmonter mon anxiété. La dépendance à l'alcool risquerait de s'ajouter au problème à résoudre.

En début de soirée, je suis passé à l'épicerie. Une visite de maison m'avait mené dans un secteur assez éloigné de chez moi et au lieu de faire mes emplettes au coin de ma rue, j'ai décidé de m'arrêter dans une de ces grandes surfaces aux enseignes jaunes en bordure de ma route, en croyant gagner du temps. En arrivant à la caisse, une jeune préposée plutôt jolie a commencé à *scanner* mes aliments avec son appareil. Ses *piercings* à l'oreille et au nez, un peu criards, ne lui ajoutaient pas grand charme, mais ne lui en enlevaient pas non plus. Elle dégageait deux impressions contradictoires : d'abord, sa fraî-cheur frappait, induite par la juvénilité du grain de sa peau, le rebondi de ses pommettes, le contour lisse de ses yeux, ou ses gestes vifs. Ensuite, l'éclat éteint de ses pupilles, sa façon de respirer en petits soupirs continuels et jusque son port de tête ployant sous le poids d'un chagrin secret ou de quelque désœuvrement existentiel dénotaient un désabusement abys-sal. Le lecteur optique en main, elle s'affairait tout en activant du pied le tapis roulant. Hors du code-barre, point de Salut. À quatre reprises, elle ouvrit la bouche, chaque fois sans pu-deur, ni orgueil, chaque fois en révélant une ignorance encore plus crasse. Je lui répondis avec douceur, en tâchant de ne pas laisser poindre ma déception. Devant une aubergine, puis une racine de gingembre, suivies d'un céleri-rave et d'une patate sucrée de forme inusitée, elle avait le même air ahuri. « Heu... Qu'est-ce que c'est ? Et ça ? » lança-t-elle en brandissant chaque fois un légume différent, sans lever son regard jusqu'au mien, se contentant de s'arrêter à mi-chemin de mon coupe-vent.

Au début, une vague envie de la draguer m'avait traversé l'esprit comme cela m'arrive à l'occasion face à certaines préposées ou serveuses. Mais comment garder mon appétence devant tant de vacuité, devant cette manifeste absence de curiosité culinaire ? Navré, la mine sombre, je ressortis avec mes trois sacs, en repoussant l'hypothèse farfelue d'un dîner en tête à tête avec cette caissière. Je l'imaginais chipoter dans une assiette constituée, selon son ordinaire, de petits pois en conserve, de poulet barbecue, de *gravy* et de salade de chou crémeuse. Néanmoins, je ne la jugeais pas. Son petit horizon, aussi étriqué soit-il, était le sien et elle devait y évoluer tout à son aise.

28 mai

Irène m'a invité à souper dans un restaurant asiatique. Mes efforts pour l'unir à Christophe s'étant soldés par l'échec, elle est revenue à la charge. Depuis qu'elle a dévoré mon livre et lu quelques critiques élogieuses, j'ai remarqué un subtil changement dans son attitude envers moi. La légère attirance du

130

début s'est accrue. La fièvre du printemps aidant, je me sens de moins en moins enclin à repousser ses avances. À quel péril m'exposerais-je en passant une soirée, une nuit à ses côtés ? Du moment où elle connaît mes intentions de demeurer célibataire coûte que coûte... Au diable les scrupules ! En cas de nécessité, avec mon dossier de vendeur performant, je n'aurais aucun mal à être engagé par une agence immobilière concurrente.

Il fut décidé d'aller au cinéma avant le resto. Elle m'avait entendu parler d'un film à l'affiche. J'acquiesçai sans grand enthousiasme en la prévenant qu'elle n'aimerait peut-être pas autant que moi ce réalisateur québécois et ses histoires alambiquées.

Dans la pénombre de la salle, je perçus son bâillement discret suivi un peu plus tard d'un soupir étouffé. Ces manifestations de désintérêt gâchèrent une partie de mon plaisir. Je regrettais amèrement d'avoir cédé à son envie de m'y accompagner. Pour ma part, le scénario, le traitement et les acteurs m'emballaient, mais la déception d'Irène venait tout relativiser. J'en venais presque à douter de mon jugement. « Est-ce elle qui a raison ? Suis-je trop complaisant envers ce cinéaste que j'admire ? Elle s'ennuie, c'est sûr. Elle doit regretter mon choix de film et m'en vouloir un peu... » En me perdant dans le dédale de ces pensées, j'étais en train de manquer des répliques-clés de ce drame achevé aux accents comiques un brin décalés.

Cette Irène commençait à me casser les pieds.

Sitôt sorti du cinéma, l'anxiété s'est manifestée, attisée peut-être par mon irritation croissante. Aussi incroyable qu'il y paraisse, je n'avais pas envisagé cette possibilité ni ingurgité d'alcool avant le visionnement, calculant que l'effet aurait été dissipé de toute façon à l'heure du souper en tête à tête. En niant mon problème, en refusant d'en tenir compte ce soir-là, j'entretenais peut-être l'espoir d'une guérison spontanée. Mon mal s'en irait comme il était venu, il disparaîtrait comme les nuages se dissipent après l'averse. Un simple rendez-vous galant ne pouvait me mettre à l'envers. Il n'était pas question d'entrevue, de séance de signature ou de quoi que ce soit en rapport avec *Le Défet*, déclencheur habituel de mes malaises soudains.

Mais, c'était sans compter tout le charme que mon livre avait opéré sur elle et surtout, peut-être, l'aura de prestige dont elle me nimbait depuis.

Difficile alors d'éviter le sujet. Irène, visiblement soulagée d'en avoir fini avec le contretemps du film, me relança sur mon roman et les rumeurs de prix littéraires qui commençaient à poindre. Je tâchai de calmer son exaltation d'abord en rectifiant les faits. Le livre avait de bonnes chances, selon mon éditeur et ses informateurs privilégiés de se retrouver en lice pour un prix assez prestigieux. Mais en tenant compte des nombreuses mises en nomination, il était plutôt précoce de pavoiser. Du reste, je lui rappelai un détail : la cuvée printanière recélait plusieurs ouvrages remarquables et mon roman n'était qu'un livre parmi d'autres. Elle me pressa alors de questions assez prévisibles. Je lui répondis avec une certaine impatience tout en esquivant ses dernières plus embarrassantes. « À quand le deuxième bouquin ? Es-tu en train d'y travailler ? Ça portera sur quoi ? »

Je jouai la carte du mystère. Il sait si bien farder le vide, combler la béance douloureuse que l'on veut garder secrète. Jusqu'à maintenant, je n'avais pas été apte à écrire une traître ligne digne d'intérêt malgré ce renom qui se profilait et je ne flairais pas encore le moment où ce cruel arrêt du sort serait levé. J'étais en proie à ces réflexions lors de l'entrée au restaurant, à la suite d'Irène, lorsque j'ai senti affleurer l'angoisse qui avait pris naissance un peu plus tôt. D'une fois à l'autre, ce sentiment devenait de plus en plus familier. Mes digues ont tout bonnement lâché. L'anxiété que je maîtrisais jusque-là a déferlé. Elle m'étreignit dès l'assignation des places. L'ambiance un peu empesée y était pour quelque chose. Assez seyante dans son kimono retenu par une obi pourpre, la serveuse aux yeux bridés s'apprêtait à nous installer à une table centrale à proximité de deux autres couples. Il me fallait réagir. En un éclair, je scrutai la double salle pour y relever toutes les places disponibles puis je fis valoir à Irène que la petite table du fond face à la colonne conviendrait mieux. Un peu surprise, elle me concéda ce caprice en me lançant un air coquin, croyant ma décision guidée par une envie d'intimité propice à débrider son univers fantasmatique. Ça m'arrangeait qu'elle croie cela, la vérité étant radicalement moins séduisante.

Je choisis la chaise donnant sur le mur et mon voisin de gauche était une colonne. En faisant abstraction le plus possible des clients, je croyais avoir une chance de réussir à surmonter mes malaises. Avec un peu d'alcool aussi, la soirée serait sauvée. C'était l'antidote à portée de la main. Je m'emparai de la carte des vins en précisant à Irène que je l'invitais. Elle sembla y voir un geste de galanterie masculine lorsque je lui offris de choisir la bouteille. Elle ne pouvait comprendre qu'au fond, je m'en balançais de payer pour elle. Si ça pouvait l'allumer, pourquoi pas ? Peut-être n'en avait-elle plus l'habitude. Son aisance financière devait lui avoir permis de payer bien des additions par le passé. Moi, tout ce qui m'importait était de recouvrer mon bien-être mental et, accessoirement, de l'avoir dans mon lit à la fin de la soirée.

Sitôt le vin sur la table, de nouveaux ennuis se présentèrent. D'abord, il fallait le goûter devant témoin. La serveuse versa une larme et me tendit la coupe en me dévisageant d'un sourire distingué, en attente du verdict. Je lui rendis son sourire, impuissant, puis me tournai lentement vers Irène en l'implorant du regard. Voyant qu'elle ne saisissait pas, je dus éclaircir ma voix pour l'enjoindre à goûter elle-même, en prétextant un vague « Les femmes, d'abord ! » qui me fit paraître encore plus charmant à ses yeux. Décidément, mon anxiété sociale jouait en ma faveur.

Elle s'exécuta, agréa le choix et la serveuse put enfin retourner à ses autres clients. Elle remplit mon verre. Il était temps d'y goûter moi aussi. Mais, second défi, comment tenir délicatement une coupe gracile quand la crainte de trembler, plus grande encore que celle de l'autre jour au restaurant refait surface ? Pendant qu'Irène m'entretenait de ses dernières ventes lucratives d'immeubles, j'échafaudais mon plan tout en opinant de temps à autre. Au bout d'un moment, je me levai d'un bond, invoquant une envie pressante, puis je pris une bonne rasade avant de m'éclipser un instant aux cabinets. Au retour, je calai mon verre, debout, avant de reprendre ma place. C'était plus facile ainsi, en mouvement. Une fois assis, l'anxiété revint sans tarder. J'avalai mes premiers verres grâce à des subterfuges de la sorte. Tantôt, je dirigeais l'attention d'Irène vers le côté opposé pour porter le verre à mes lèvres sans ce regard indiscret générateur de tremblements, tantôt je riais un peu plus que nécessaire à ses blagues en haussant puis en penchant la tête vers ma coupe où je volais une lampée, mine de rien. Plus qu'un tremblement réel, il s'agissait plutôt d'une fébrilité aux doigts comme celle agitant le grand buveur de café. J'avais hâte que l'effet se fasse sentir pour ralentir ma cadence de consommation et endormir mon anxiété. Je ne visais pas l'ivresse mais le début du bien-être.

Le repas principal et le dessert furent moins chaotiques. Je retrouvai une partie de mon allant. Mais mon attention était constamment distraite, parasitée par des pensées noires. Tourné vers moi-même, occupé à tenir en respect l'angoisse, je profitais peu d'une soirée qui, en d'autres temps, m'aurait paru assez charmante. À tout le moins, j'évitai soigneusement toute conversation reliée à mon livre.

Un peu plus tard, sur le canapé d'Irène, les sujets abordés avaient perdu de leur importance, le langage corporel prenant le relais. Entrer chez les gens, c'est prendre le pouls de leur personnalité, avec plus de justesse souvent qu'en se fiant à leur présentation vestimentaire. La demeure de ma patronne reflétait l'opulence et le statut social assumé. Tout fleurait la démesure : le miroir colossal du portique aux ornements baroques, les colonnades gréco-romaines entre lesquelles se profilait au loin un piano à queue reluisant, les cimaises et les moulures aux multiples volutes. Un seul coup d'œil panoramique suffisait pour situer le visiteur. Ici, la richesse se montre ostentatoire, étalée sans ambages.

Les salons diffèrent d'un logis à l'autre. Pour en avoir vu et en avoir fait visiter des tonnes, je les classerais en deux catégories. Si certains invitent à la détente avec des sofas profonds aux tissus souples où abondent les coussins moelleux, où le maintien se relâche de façon spontanée lorsque l'on s'y enfonce ou que l'on s'y abandonne, d'autres exhalent plutôt la froideur, on y respire moins à l'aise, comme celui d'Irène avec sa table basse très design en vitre, albâtre et fer forgé, ses deux canapés de cuirs luisants, rigides, aux accoudoirs carrés et son ottoman de même tenue. Ce n'était qu'aridité et contours nets. Il fallait être soit fourbu, soit aviné pour s'y asseoir autrement que les deux genoux collés ou les jambes croisées en une pose étudiée. Elle avait ce genre de divan au creux duquel, par simple réflexe, se relève l'auriculaire du buveur de thé .

Irène a la bosse des affaires. Avant d'être dans l'immobilier, elle était chef comptable dans une entreprise. Pour elle, la vie n'est qu'un chiffrier avec des cases à remplir, des totaux à ventiler, des profits à engranger. Ça ne lui enlève rien, mais peut-être fait-elle peur à certains hommes alors que son rêve de trouver l'âme sœur commence à se faire plus pressant.

J'ai fait un accroc à mes principes en restant jusqu'au lendemain matin. Je ne sais trop pourquoi. Était-ce l'appel de la chaleur corporelle, des plaisirs à rabais, des draps doux et satinés, l'atmosphère *hôtel de luxe* ? La matinée fut langoureuse et sous le signe du badinage. Il ne me déplaisait pas qu'elle me voie au naturel, d'humeur riante après une soirée passée à me battre contre des symptômes anxieux. Lorsque je lui rappelai qu'Irène était le nom d'une grande impératrice byzantine, en soulignant qu'à ce titre, elle le portait bien, je sentis passer dans ses yeux un éclair de tendresse mêlé d'admiration assez flatteur. Je la laissai croire à mon érudition. Pourtant, mon information était simplement issue de ma pratique des mots croisés, initiée par ma mère.

Puis, elle a eu envie de crème glacée. Pas une envie ordinaire : un besoin impérieux et soudain. Dehors, la journée s'annonçait chaude et sans nuages. En jetant un coup d'œil à la fenêtre, mon appétit s'aiguisa et je me mis à rêver de douceurs rafraîchissantes. Sa gourmandise était contagieuse. Irène souligna notre goût commun pour la crème glacée et sembla le trouver propice à la découverte d'autres intérêts partagés. En cet instant de complicité ou du moins d'intimité, je ne pouvais lui rétorquer que cette inclination, comme celle pour le chocolat par exemple, était trop répandue pour en tirer des conclusions sur la compatibilité entre deux personnes.

Je la laissai filer, vive comme l'éclair, à l'épicerie du coin. Tenaillé par un restant de désir, je humai son parfum vaporeux, déposé çà et là au creux des draps. Dans le flux de l'attente, je songeai à mes saveurs préférées : cerises et vanille aux brisures chocolatées. Ces pensées d'abord flottantes prirent forme avec une netteté accrue de minute en minute. Plus son retour tardait, plus ces deux saveurs s'entremêlaient dans ma tête et prenaient la tournure d'une obsession. « Cerise, cerise, cerise, vanille-brisures chocolatées, vanille-brisures chocolatées, vanille-brisures chocolatées ». Il n'y eut bientôt rien de plus important au monde.

Je m'imaginais, une cuillère à la main, plongeant avec avidité dans le pot, sur le point de contenter mes papilles au supplice. Ma béatitude serait complète après une bouchée, mais pour prolonger cet état de grâce, j'en prendrais une seconde puis une troisième, jusqu'à satiété. Il m'était bon d'avoir l'esprit accaparé par ces matières terre-à-terre, elles tenaient à l'écart mes angoisses existentielles. Je priais toujours pour mes choix d'essences, lorsque la porte avant s'ouvrit, laissant une Irène un brin essoufflée faire irruption, la mine réjouie. Elle trottina jusqu'à la cuisine pour y déposer ses paquets; deux sacs lestés par des contenants de crème glacée d'un litre. « Cerise, vanille aux brisures de chocolat, cerise, vanille aux brisures de chocolat, cerise ».

— Alors ? Me susurra-t-elle. À toi l'honneur !

— Je... oui, bien sûr... « Cerise, vanille-brisures chocolatées, cerise, vanille-brisures... » Je me répétais ces choix sans fléchir, avec obstination depuis son départ, en espérant que par télépathie, je lui avais communiqué mon désir profond, secret. Le suspense était palpable. Mon cœur battait à tout rompre. Je me suis approché de la table. C'était à moi de percer le mystère, elle m'y avait enjoint, j'avais son autorisation. J'ai tiré d'un doigt la bretelle du sac, pour tâcher de voir si mes vœux avaient été exaucés. Je me fermai les yeux un instant avant de les rouvrir pour de bon. Désillusion amère. Déception mordante. Érable et noix pour l'un, Double chocolat pour l'autre.

Je dus me rendre à l'évidence : cette fille n'était pas faite pour moi.

13 juin

Ce matin, je suis allé entendre Léon en face de chez moi. J'avais l'impression de renouer avec de vieilles habitudes. Onze mois s'étaient écoulés depuis la première fois où, fraîchement emménagé dans mon nouvel appartement, j'avais pu jouir de ses mélodies généreusement distribuées à tout venant. Son répertoire n'avait guère changé depuis l'été dernier. Je l'ai questionné toutefois sur un *lamento* inconnu avec lequel il inaugurait ses petites séances. Il sourit de ma remarque. Il aimait que l'on relève ces détails qui démontrent un intérêt et un sens de l'écoute aiguisé. Il me fit languir comme lui seul sait le faire en tournant un peu autour du pot, pour attiser, mine de rien, ma curiosité.

— Ma deuxième, commença-t-il, en se craquant les jointures, ma deuxième fille apprenait le violon et démontrait de réelles aptitudes pour cet instrument. Or, le dernier morceau pratiqué avec acharnement, enfin, que je l'ai entendu répéter et jouer sans relâche avant le... avant l'accident était celui-là dont j'ai retrouvé la partition. Je n'ai eu qu'à l'adapter pour l'accordéon, me confia-t-il.

Je ne voulus pas en connaître le compositeur ou l'époque. Il me plaisait d'associer cet air désormais à Léon et de m'abreuver de ces notes comme autant d'hommages rendus à sa fille et, à travers elle, à toutes les fillettes, à tous les talents fauchés au prélude de leur épanouissement.

25 juin

Ma mère m'a téléphoné ce matin. Elle se demande pourquoi je ne passe plus la voir comme auparavant. Elle ne peut comprendre ce qui m'arrive et ne sera malheureusement pas la personne à qui je m'ouvrirai de ce problème. Toutes mes obligations sociales sont limitées à l'essentiel, désormais. Craignant toujours une montée d'anxiété, je cultive l'évitement. Je vaque à mes tâches avec prudence, en goguette au besoin, quand je sens que la situation sera insurmontable.

Ma dernière crise remonte à quelques jours à peine et fait suite à l'annonce d'un prix remporté pour mon livre. Je ne me doutais de rien. J'avais jusqu'à oublié cette nomination dont m'avait pourtant parlé mon éditeur. Il y avait tant d'autres auteurs en lice, mes chances étaient minces.

La joie spontanée qui accueillit cette nouvelle fut néanmoins de courte durée. La consternation lui succéda. Je fis étalage de ma gaieté première, mais cachai de mon mieux mon abattement subséquent. Qui l'aurait compris ? Les récompenses et les honneurs alimentent la médiatisation d'un succès. Et le mien commence à être lourd à porter. Je voudrais le fuir parfois comme la peste.

On a tenté de me joindre, on m'a proposé des entrevues, on m'a invité à des soirées. Je filtre avec soin ces intrusions dans ma vie privée. Je transige et marchande de façon à fournir le minimum vital, voulant éviter à tout prix de passer pour un ours, un original, ou un sauvage retranché dans sa tanière.

La remise de prix fut un véritable calvaire. Le décorum, la solennité de cette soirée; tout concourait à décupler ma gêne. J'échafaudai mille raisons pour excuser mon absence, mais je ne sais quel sentiment d'obligation morale me résolût d'y assister à l'encontre du bon sens. Peut-être un raisonnement du genre « ton père aurait aimé y être honoré, rends-toi digne de sa mémoire, substitue-toi à lui ».

Le discours d'un haut responsable précédait le mien. Un peu à l'écart, les mains moites, en proie à de terribles sensations, je levais les yeux de temps en temps vers cette tribune à gravir. Cette ascension même me paraissait au-dessus de mes forces. Je dissimulais de mon mieux les tremblements qui m'agitaient par de savants mouvements de mains circulaires. En les frottant l'une dans l'autre, je semblais simplement avoir froid, impression nettement préférable à celle de frôler la panique.

Mes deux verres de vin étaient peu enclins à m'aider. L'idée d'avaler des Valiums ou autres pilules à effet ponctuel m'avait traversé l'esprit, mais je ne voulais pas endormir, outre mon angoisse, ma vigilance et ma capacité de raisonnement. En fait, j'étais au beau milieu de mon pire cauchemar. Je devais accepter d'être le point de mire durant toute la durée de mon discours puis accueillir les applaudissements de la salle. Et je n'envisageais pas la suite comme une libération, car après, les gens me reconnaîtraient, si ce n'était pas le cas avant mon al-locution et viendraient me serrer la main ou me demander des dédicaces, voire des autographes.

Combien de fois ai-je tourné la tête vers la pancarte indi-quant *Sortie* en lettres flamboyantes ? Elle m'attirait, comme le chant des sirènes ensorcelle les matelots. Mais, en me sau-vant ainsi, sans crier gare, j'allais droit vers l'écueil. Aussi, quand l'heure de mon discours sonna, quand tous les regards s'orientèrent vers moi, je m'avançai courageusement pour remplir mon mandat. Je m'extirpai de la mêlée en marchant d'un pas égal vers ma potence. Première marche, deuxième marche, troisième marche, estrade. J'accrochai mon regard au premier signe neutre, bien visible et inorganique propre à me faire oublier tous ces yeux posés sur moi. Une plaque rouge d'alarme d'incendie sur le mur du fond me tiendrait lieu d'auditoire. Je dépliai mon papier qui, pour me contrarier, semblait prendre un malin plaisir à résister – ou était-ce mes doigts rendus malhabiles par la nervosité ? – et je récitai mon texte de remerciement appris par cœur.

On n'est jamais à l'abri d'un trou de mémoire. Je me reposai sur mon support-papier comme un infirme à sa béquille.

Quand ma voix chevrotait et donnait dans l'aigu, je m'éclaircissais la gorge en continuant sur un ton plus grave sans cesser de penser à cette plaque d'incendie ou en y jetant de brefs coups d'œil. Seuls quelques toussotements isolés trahissaient la présence des invités. Leur écoute me semblait bien respectueuse, presque suspecte. Avaient-ils décodé mon malaise ?

Après l'énoncé de ma dernière phrase, je me suis tu un moment puis les applaudissements fusèrent. Ils devaient s'adresser davantage à l'auteur du roman primé qu'au piètre orateur qu'ils avaient eu la patience d'entendre jusqu'au bout.

Une légère chute de tension nerveuse coïncida avec la fin de cette épreuve, me laissant croire que le reste de la soirée serait plus tolérable. Je me trompais et ce faux sentiment de rémission causa ma perte. On me désigna une petite table où m'asseoir pour accueillir les personnes intéressées à me rencontrer ou à faire signer leur roman. Je m'y installai muni d'un beau stylo noir.

La première à se présenter, une dame bien mise d'un certain âge, me déclara avoir énormément apprécié mon livre. Ce compliment ne m'émut guère. Les lecteurs déçus par mon bouquin ne seront pas ceux qui viendront attendre en file pour me le faire signer. Au fond, tout cet encensement est relatif. Le public présent est captif, conquis d'avance, suspect de flagornerie. Elle me le tendit, en l'ouvrant à la première page pour que j'y inscrive ma dédicace.

À cet instant, une espèce d'onde ou de frémissement partit du haut de mon épaule et traversa mon bras. La secousse, discrète et tout interne, se propagea bientôt jusqu'à la dernière phalange de mon index et de mon majeur droits. Je lâchai le crayon.

La dame remarqua la stupeur dans mes yeux.

— Dites-moi, est-ce que vous allez bien ?

Je me levai avec fracas, plus brusquement encore qu'au studio de radio, lors du premier rendez-vous.

— Je… je dois partir…. Une urgence ! bredouillai-je, la tête en feu.

Les organisateurs se tournèrent vers moi mais déjà je passais la porte. Dans le hall, l'un d'eux me rattrapa. Il paraissait affolé par mon départ soudain. Je le pris à part et lui soufflai à l'oreille :

— Je n'en peux plus… Je me sens mal… Dites-leur ce que vous voulez. Excusez-moi… Je… Désolé. Je dois partir. Inventez une raison… N'importe quoi… Angine, anémie, allergie… Vous trouverez…

144

Je me détachai de lui en me hâtant vers la sortie. Les pulsations de mon cœur résonnaient dans ma poitrine et dans mes tempes. Elles cognaient à tue-tête, à un rythme infernal, étouffant tous les bruits ambiants.

29 juin

Parler. M'ouvrir à quelqu'un de confiance. Oser nommer la phobie, que je me contente de consigner dans mon journal. Depuis la remise du prix, cette idée ne me quitte plus. Tout naturellement, j'ai pensé à Léon.

J'ai sonné à sa porte ce matin. Pas de réponse. Avant de rebrousser chemin, j'ai eu la présence d'esprit de passer par la ruelle pour jeter un coup d'œil à sa cour. Le dos courbé, le pied sur sa bêche, il réaménageait une partie de son jardinet. Pour lui, l'arrivée de la belle saison rime avec un surcroît de travail physique, mais l'entretien obsessionnel de son jardin constitue une forme de servitude très volontaire. Il paraissait plutôt content de me voir. Ma visite coïncidait avec l'heure de sa pause. Nous nous sommes attablés à sa terrasse pour profiter du temps clément.

On a d'abord discuté de tout et de rien. Puis, il m'a demandé ce que j'avais. Je devais lui paraître soucieux. J'ai détaillé alors tous mes épisodes anxieux depuis le premier, lors de l'entrevue à la radio, jusqu'à la remise de prix.

Il m'a écouté, sans m'interrompre. Je savais qu'il ne tournerait pas mon problème en dérision ou qu'il ne l'assimilerait pas à un vulgaire trac ou à cette gêne commune ressentie par la majorité à un moment ou un autre. J'avais besoin d'être pris au sérieux. Avant de répondre, il fixa un long moment son moulin miniature dont les hélices s'emballaient, mues par une brise soudaine. Il semblait chercher les bons mots, la formule adéquate, faisant appel autant à son expérience qu'à sa volonté de ne pas se poser en arbitre ou en juge.

Il remarqua d'abord une forte corrélation entre mes malaises en public et les questions ou les événements entourant mon roman. Moi, j'avais déjà établi ce parallèle, mais je n'avais pas cru bon de lui mentionner certains autres moments où des symptômes atténués avaient pu se manifester.

Il me parla enfin d'une psychologue compétente, spécialisée dans le traitement des dépressions et d'autres problèmes anxieux. Sa femme avait connu un épisode dépressif à l'époque où son travail l'accaparait et le faisait voyager à travers le monde. Léon ne pouvait, encore ici, établir de liens causals absolus entre ses longues absences et l'humeur de sa femme, mais il risquait à tout le moins un rapprochement prudent. Cette psychologue, alors fraîchement diplômée, avait su redonner le goût de vivre à son épouse en quelques mois. Les dernières années de leur vie de couple, avant le tragique accident, avaient bénéficié d'une vitalité retrouvée grâce à cette contribution extérieure. Il retrouva sans trop d'efforts les coordonnées de la thérapeute, toujours dans le même bureau depuis vingt ans et me les refila. Je ne savais trop quoi en faire, n'ayant pas encore envisagé de consulter un professionnel,

146

mais je fourrai le papier dans mes poches. Puis, comme cela lui arrivait parfois, il arbora son regard énigmatique et se mit à m'entretenir de météorologie.

— Tu sais, commença-t-il... lors des belles journées d'hiver, quand des cirrus et des cirro-stratus agrémentent le ciel, il arrive que l'on distingue une magnifique tache de lumière à la gauche ou à la droite du soleil, pas très haut dans le ciel. Quand cette tache blanc-jaune, nommée aussi parhélie, est particulièrement vive, elle se pare de nuances rouges du côté près de notre astre et de nuances bleues du côté opposé.

— C'est un peu comme un faux soleil ? rétorquai-je, m'efforçant d'imaginer deux boules jumelles incandescentes se partageant l'azur.

C'était difficile à visualiser. Un souvenir tiré d'une bande dessinée refit surface pour juxtaposer la fiction sur la réalité. Dans les *Philémon* de Fred, un monde parallèle existe. Un continent fantastique, peuplé de créatures étranges et constitué d'îles en forme de lettres composant les mots « océan Atlantique » est ainsi éclairé par deux soleils le jour et par deux lunes la nuit.

— Oui, en somme, c'est exactement cela, un faux soleil.

Mais comment expliquait-il ce phénomène physique ? Et en quoi tout ça avait-il un lien avec mon problème ? Je m'apprêtais à l'assaillir de questions quand son téléphone sonna. Il s'excusa un moment et revint à la hâte après s'être changé. Ma visite lui avait fait oublier un rendez-vous dentaire. Je dus ravaler mes questions et m'éclipser en même temps que lui.

L'été, pendant que certains abonnés troquent les salles climatisées contre les terrains extérieurs et le grand air, je continue à m'entraîner aussi assidûment. Les salles d'exercice sont moins populeuses et l'attente pour les appareils se fait plus rare.

Ce matin, parmi la clientèle clairsemée du centre, il s'est trouvé une femme pour me reconnaître. En tant qu'abonné régulier, passe toujours, j'offre alors mes salutations amicales, mais en tant qu'auteur d'un roman primé, cette fois, j'étais pris de court. Joues écarlates, regard baissé comme une jouvencelle, je marmottai un « oui, oui, c'est… c'est bien moi. » Je sentais mes tremblements reprendre. Peut-être aussi n'avais-je pas assez mangé avant de m'entraîner. Au vestiaire, je garde toujours dans une pochette de mon sac un mélange d'amandes et de noix d'acajou. J'ai couru en avaler une bonne poignée. Malgré leur goût rance, ma fébrilité nerveuse s'est calmée... pas complètement, mais assez pour me laisser finir mes exercices au sol. L'autre jour, en attendant d'être servi à la boucherie, la même chose m'est arrivée. Un client, l'air vaguement intello, m'a apostrophé en me félicitant pour le bel essor de ma carrière littéraire. J'en ai aussitôt oublié ce que je venais chercher et ressortis les mains vides. Ce soir-là, j'ai soupé d'une boîte de sardines alors qu'à l'origine, je rêvais d'un T-Bone.

À quand le prochain livre ? Voilà la question sur toutes les lèvres. Que répondre sinon, des « oui, oui, j'y travaille, c'est en chantier... Je... je... ne veux rien éventer pour l'instant ! Patience. Vous verrez en temps et lieu. » En notre époque du culte de l'instant et de la rapidité, un bouquin comme le mien, aussi réussi soit-il, ne trône pas longtemps au sommet. Une fois servi puis digéré par la machine médiatique, d'aucuns le considèrent déjà désuet et réclament de nouveaux chefs-d'œuvre à se mettre sous la dent, comme si ces livres d'exception étaient reproductibles à l'infini.

Toute cette pression me pèse et alimente mes angoisses. J'ai même hésité à poursuivre ma routine au gym à la suite de l'apostrophe de cette admiratrice. Décidément, cette anxiété est tentaculaire, elle peut arriver sans crier gare, dans une variété de situations de plus en plus étendue. Il m'arrive de la sentir monter en moi dans le confort de mon salon à la seule pensée qu'elle pourrait survenir (!) ou en imaginant simplement une scène publique m'impliquant moi et mon livre. Je suis capable de la créer à vide, sans objet. Ça doit être semblable à « la peur d'avoir peur », « au chien se mordant la queue » ou à tous ces trucs qui s'autoalimentent.

10 juillet

Léon a peut-être raison. Un psychologue pourrait m'aider, mais je dois d'abord tenter de régler seul mon problème. En cas d'échec, j'aurai alors un plan B. Je suis allé ce matin à la bibliothèque faire des recherches sur l'anxiété et la phobie sociale. Outre une trouvaille traitant de ce sujet, j'ai déniché aussi deux ouvrages sur l'écriture de fiction et la création littéraire. Je ne sais quelle gêne m'assaillit au comptoir de prêt en déposant mes livres pour que je me mette à bredouiller un « c'est... c'est pour ma sœur... » manquant de conviction et du reste superflu face à la mine patibulaire du bibliothécaire.

Ce visage peu avenant me replongea près d'un quart de siècle en arrière. À la bibliothèque municipale, la responsable de la section jeunesse s'appelait Madame Jaune. Une grande dame assez âgée, d'un abord sévère et peu loquace. C'était à se demander pourquoi elle avait accepté ce poste. Son nom faisait forte impression et les enfants qui, au départ, avaient tendance à l'associer au soleil, à une des bandes de l'arc-en-ciel ou à une boîte de peinture déchantaient vite après quelques visites. Elle distribuait ses sourires avec parcimonie et ses éloges étaient plus rares encore. À cette époque, je ne lisais pas encore de Bob Morane mais je m'étais fait raconter certaines intrigues et j'assimilai vaguement la bibliothécaire à l'ombre jaune. Dans mon cerveau d'enfant, ce nom ne pouvait être le fruit d'un pur hasard. Cette dame était suspecte.

On pénétrait dans la section jeunesse en descendant l'escalier. Au sous-sol, avant d'avoir accès aux livres et aux bédés, il fallait passer par elle, ou du moins contourner son bureau d'où elle surveillait toutes les petites mains susceptibles d'abîmer le matériel. Une fois, un garçon de ma classe qui venait de découper une illustration dans une encyclopédie pour une recherche sur les pygmées s'était fait pincer par elle. Il avait passé un mauvais quart d'heure. Son oreille gauche n'a jamais tout à fait repris sa taille. C'était tout de même mieux que de se faire essoriller. On l'appelait depuis Dany-Spock.

Dans mon souvenir dénaturé, détrempé peut-être par le temps, elle était vêtue de blouses chamois et de jupes de laine à carreaux ocre. Jusqu'à ses cheveux courts bouclés d'un beige doré, tout en elle convergeait vers le jaune. Autour de son poste, les murs eux-mêmes en étaient couverts.

Jamais je n'ai cherché à connaître son prénom. Qui sait, il aurait peut-être ébranlé toute la mythologie construite autour du personnage. Imaginons un instant qu'elle se prénommât Rose.... ou Blanche ! Par la suite, je connus une famille White, un dénommé Brown, ou j'entendis parler de Sir Black, mais jamais plus de mademoiselle Bleu, Vert, Marron, ou Cramoisi ne vinrent croiser ma route. Elle était originaire de France, disait-on, d'où ce nom peu en usage.

Au fil des mois, je finis par développer une relation aussi étrange qu'inattendue avec cette employée. Je m'étais donné pour mission de lui arracher un regard bienveillant, un signe quelconque d'affection et je m'attelai à la tâche. En déposant mes livres en belles piles ordonnées devant son tampon encreur, je faisais mon garçon sage et bien élevé, prenant même la peine de classer mes nouveautés dans une pile à part, en me souvenant que cette catégorie me donnait droit à un seul ouvrage de fiction et à un documentaire. Ce zèle, dont peu d'enfants s'embarrassaient, ne tarda pas à avoir ses effets. Une fois, elle releva la tête, le contact s'était établi. Désormais, elle me reconnaissait. Elle m'apprivoisa lentement, à petites touches. J'eus bientôt le privilège de recevoir ses étampes en forme de bonhomme sourire sur le dos de ma main. Mes amis étaient jaloux. Ils ne comprenaient pas ce que cette Madame Jaune pouvait me trouver pour m'octroyer un tel traitement de faveur. Une fois sur deux, elle semblait forcer les muscles de son visage pour arriver à esquisser un sourire, au moment où je lui adressais un « Au revoir et merci ! » bien senti. J'ai toujours perçu l'évolution de cette relation protocolaire comme une victoire sur l'indifférence, un forage de cuirasse réussi, une preuve de mes aptitudes sociales et de mon entregent naturel.

Que sont devenues toutes ces qualités ? Parties en débâcle avec cette anxiété s'agglutinant à mes talons.

C'est l'atome de tendresse et d'humanité dans ses yeux froids – indiscernable pour mes compagnons – qui m'a manqué lorsque, rompue par la vieillesse et la maladie, elle a fini par céder sa place à une jeune préposée toute pimpante. Une profusion de bonté se dégageait de son successeur pour le plaisir de tous. Personne ne regretta l'autre. Sauf moi, qui cessait d'être un privilégié. La nouvelle distribuait à tous sans discrimination ses accolades et ses sourires. Le foie gras paraît moins fameux, servi en jatte généreuse plutôt que dans un petit écrin. Ses compliments et ses bons mots, servis à la plupart des petits usagers, perdaient de leur valeur et ceux qui s'en vantaient finissaient par en rabattre au contact des autres hâbleurs. Il y avait foule au balcon des favoris ! À partir de cette époque, j'ai cessé de fréquenter la bibliothèque avec assiduité. J'ai troqué la lecture contre les jeux de société, en particulier le Monopoly où je me distinguais souvent par mes coups fumants. Mon intérêt pour l'immobilier a commencé à se développer à cette époque.

17 juillet

Pas de camping cette année avec Christophe, comme nous en avions l'habitude depuis quelques années. Il est plutôt déprimé ces jours-ci. Encore une histoire de fille qui l'a laissé tomber. Je l'ai hébergé deux jours. Je lui ai même cuisiné son souper préféré. Demain, il va poursuivre sa « convalescence » dans son trois et demi. J'ai fait ce que je pouvais pour lui. Je ne suis pas un aidant naturel dans l'âme. Dans une semaine, tout ira mieux. Il doit être patient et se changer les idées. Je suis aussi un peu écœuré de certaines de ces habitudes : rognures d'ongles et petites peaux qu'il laisse tomber autour de lui, cérumen prélevé par un auriculaire hyperactif (quand il n'est pas fourré dans l'oreille, il visite la narine) et égrené sur le plancher tout aussi innocemment.

Je n'osais rien lui reprocher en cette période de cafard sentimental, mais dans son intérêt, j'espère qu'il pense à se retenir un peu en présence féminine. Ces manies sont propres à faire fuir plus d'une fille potentiellement désirable.

20 juillet

Mes lectures sur l'anxiété sociale m'ont apporté un peu de réconfort mais peu d'outils. Certes, il est rassurant de constater que l'on n'est pas seul à éprouver ce genre de malaise. Je me suis reconnu d'emblée dès les premières descriptions. Mais l'autosuggestion ou la confrontation, les deux solutions préconisées par l'auteur, me paraissent de peu de secours.

La voie d'évitement me réussit mieux quand elle est praticable. La semaine dernière, j'ai décliné une invitation à parler de mon bouquin à une causerie organisée par une librairie de renom. Et bien, l'angoisse que je sentais monter tout au long de la conversation avec le responsable de l'événement s'est évanouie sitôt l'offre refusée. Je ne veux pas en faire une habitude mais je dois l'admettre : retrouver ma sérénité aussi abruptement fut une expérience plutôt agréable.

Mes lectures sur la création littéraire n'ont pas été plus profitables que celles sur l'anxiété. Je me suis attelé à la tâche en suivant les conseils promulgués, en appliquant les différentes étapes supposées mener au roman achevé, voire au bestseller (!), sans me sembler plus brillant ou plus inspiré. Pourtant, la pression demeure et s'intensifie autour de moi. On réclame la suite, on me presse de poursuivre dans la voie si prometteuse que j'ai inaugurée avec *Le Défet*. Peut-être cherche-t-on à me défier, à savoir si mon talent demeurera à la hauteur de mon œuvre première ?

J'ai entendu parler d'ateliers d'écriture donnés par une auteure professionnelle doublée d'une pédagogue aguerrie. Il est encore possible de s'inscrire à la session estivale même si les deux premières séances ont déjà eu lieu. J'ai payé ma cotisation. Je suis décidé à m'y rendre lundi soir prochain... après un verre ou deux.

26 juillet

Je ne me suis pas défilé. Je suis resté jusqu'au bout. Ça m'a paru difficile mais j'y ai retenu quelque chose d'important. Au départ, mon objectif était de passer inaperçu. Aussi, je m'étais assuré d'arriver ni trop tôt ni en retard, mais juste avant l'heure dans le brouhaha des étudiants prenant leur place. Je me sentis néanmoins dévisagé par certains. Me reconnaissaient-ils comme écrivain ? Comme agent d'immeubles ? Ma photo paraissait périodiquement dans les journaux de quartier, accompagnée de jolis clichés de maisons ou de condos agrémentés d'une bannière VENDU ou prix révisé. Je me rassurai. Ces regards obliques devaient être le fruit d'une curiosité légitime envers tout nouveau venu dans le cadre d'un cours déjà amorcé. Je pris place au pupitre convoité, un peu en retrait, sans voisin, non loin de la porte.

La professeure entra en dernier, sans se presser. Au lieu d'aller s'asseoir derrière son bureau, elle se contenta d'appuyer ses fesses sur le rebord, tout en croisant les chevilles. Elle salua de la tête en maîtrisant bien un restant de séduction issu de décennies antérieures et commença à lire les noms inscrits sur sa feuille de présence. Le mien ne tarda pas à sortir : Comtois, Bastien. En prononçant ces deux mots, un déclic sembla se produire dans sa tête, car elle s'arrêta net pour me détailler des pieds à la tête. Des murmures jaillirent aussitôt de-ci de-là. La surprise se lisait dans plusieurs yeux, à commencer par ceux de l'enseignante. Ceux qui ne me connaissaient pas se faisaient mettre au parfum par d'autres, à voix basse, et arboraient aussitôt le même air ahuri. Oui. Le nom concordait bien avec le visage entrevu peut-être dans tel journal, telle revue ou à telle émission récente. Oui, l'auteur du roman *Le Défet*, salué par tous, s'abaissait à suivre un cours pour apprendre à écrire, aussi incongru que cela puisse paraître. Je n'avais pas à m'en expliquer. Au surplus, j'avais préparé deux réponses astucieuses à servir selon les circonstances aux curieux. *Primo* : un écrivain est en processus d'apprentissage sa vie durant, il y a toujours place à l'amélioration, bla-bla..., et ce genre de lieux communs étoffé au besoin. *Secundo* : à exprimer sur un ton de confidence : Je vais vous faire un aveu : je dois me glisser dans la peau d'un étudiant en création littéraire pour les besoins de mon prochain roman. Aussi, attention à vos déclarations dans l'enceinte de la salle de cours, car des bribes pourraient se retrouver dans mon œuvre, à peine inchangées !

Il me parut néanmoins bien long ce moment où l'on me toisait comme une curiosité, un énergumène, ou une vedette insondable. Je m'accrochai désespérément au peu d'alcool

156

baignant dans mes veines pour passer au travers. Je détournai la tête quand la porte de sortie apparut dans mon champ de vision; comme le jour de cette angoissante remise de prix, elle semblait m'appeler de tous ses vœux.

Ce n'était qu'un mauvais instant à passer. L'intérêt des gens finit par s'émousser. On se lasse vite de demeurer braqué sur le même objet. Une fois le calme revenu, la professeure put compléter son relevé des présences et commencer son cours, non sans me lancer des œillades discrètes de temps à autre où se lisait à la fois une pointe de jalousie et d'interrogation. Après avoir présenté diverses manœuvres ou tours de langue applicables dans l'enchaînement des actions, on passa à l'écoute de quelques textes composés par les participants et commentés en direct par notre écrivaine professionnelle. Une jeune femme mince aux cils pâles leva la main timidement puis lut avec une emphase un peu affectée le second paragraphe de sa nouvelle où il était question de soleil, notamment, et de colère apaisée. L'enseignante la laissa poursuivre une ou deux minutes avant de la remercier. Elle lui signala quelques détails à retravailler tout en soulignant les points forts de l'extrait. Le sujet traité servit de prétexte à une de ces longues digressions à saveur psychanalytique dans lesquelles, je ne tarderais pas à le réaliser, elle se vautrait régulièrement avec délectation, tout en s'écoutant palabrer. Avant que mon attention ne décroche, j'appris cependant que le soleil devait être considéré comme un symbole paternel. Je n'ai pas traité l'information sur le champ, mais après l'avoir croisé avec la dernière parabole de Léon tournant autour de la parhélie, j'eus l'impression d'en saisir enfin l'essence. Ce n'était pas négligeable.

Durant la pause, je ramassai mon courage pour aller parler à la jeune femme au soleil. J'avais remarqué son air mutin associé à sa timidité en un agencement inédit. Elle arborait cette beauté un peu diffuse, incertaine et voilée qu'ont plusieurs modèles des tableaux de Vermeer, caractérisée notamment par des yeux écartés, un front trop haut ou bombé par exemple. Mais ma curiosité l'emporta. Son mystère, comme un hymen, invitait à la défloration.

On a bavardé quelques minutes et devant le constat tacite d'une attirance réciproque, elle a accepté de venir prendre un verre avec moi après l'atelier. En face d'une bonne Lager bien frappée, j'ai appris d'abord son nom, Elvire, puis son âge identique au mien. Elle travaille depuis près d'un an dans une grande compagnie de peinture comme dénominatrice de nuances. Mon regard perplexe la força à s'expliquer. Elle est chargée de baptiser les nuances de couleurs au départ simplement affublées d'un numéro. L'art de transformer un vulgaire mauve 70BB 83/020 en *Miroitement de cristal*, un vert pâlot 85GG 44/328 en *Brume de Niagara* ou un jaune émétique 67455-09 en *Biscotti aux amandes*. Elle s'était habituée à l'étonnement suscité par la description de ses fonctions singulières. Son poste exigeait des compétences auxquelles un ordinateur n'aurait jamais pu se substituer. Elle m'énuméra les qualités recherchées pour l'emploi qui lui avaient valu son poste, à l'issue de plusieurs entrevues : la culture, le vocabulaire, le sens de la formule, l'imagination, la fibre poétique, la connaissance des autres pays pour les évocations exotiques, un certain talent aussi pour saisir l'air du temps. Avec ce genre de profil, je n'étais pas étonné de lui découvrir des velléités d'écrivain.

En repensant à ma tante dont le salon venait d'être repeint, je ne pouvais qu'acquiescer aux propos d'Elvire. Tout excitée par la variété des palettes de couleurs, Léa ne s'était pas privée, une fois son choix arrêté et entériné par son mari, d'en faire étalage avec ostentation devant la famille et les amis. Ce n'était pas de beige et de marron qu'elle enduisait ses murs, mais de Magasin de campagne relevé de Flocons de riz, rien de moins. « Les gens achètent de la distinction, du rêve, de l'humeur ou de l'entrain. C'est ce qu'ils veulent avoir dans leurs gallons de peinture au latex. C'est ce pour quoi ils payent. » me confirma Elvire. Et même le blanc plus blanc que blanc n'est pas anodin. On l'applique souvent comme une pommade lustrale sur les murs d'un nouveau logement à s'approprier. Il efface toute trace laissée par les occupants antérieurs, lavant la mémoire des parois palimpsestes. J'avais moi-même accompli ce rituel un an plus tôt en emménageant dans mon appartement, sans toutefois m'attarder, consciemment du moins, aux diverses appellations des blancs parmi lesquels j'avais choisi simplement le moins cher.

Étrangement, elle ne sembla pas avide de connaître les faits entourant mon roman, son écriture ou les raisons de mon inscription à ce cours qui nous réunissait. Je la sentais discrète, respectueuse et cette retenue elle-même me parut un puissant aphrodisiaque. J'en profitai pour lui faire expliciter son passage sur le soleil. Elle entreprit de me résumer sa nouvelle au sein de laquelle le passage lu en classe prenait tout son sens. Pour me donner un vernis savant, je lui parlai alors de phénomène atmosphérique et de parhélie. J'étais tombé pile car je la vis noter le terme en griffonnant une phrase sur la serviette de table.

Je n'osais pas songer au moment où j'aurais à lire un extrait de mes textes devant l'auditoire exigeant constitué par ma classe. Si je ne trouve pas une parade, on aura tôt fait de démasquer la vessie sous ses dehors de lanterne. Mais il me restait toujours la possibilité d'abandonner le cours ou encore de copier des auteurs reconnus pour me tirer d'embarras.

J'avais cru être en mesure de ramener Elvire chez moi dès ce soir-là pour lui faire tâter de mes draps frais, mais elle me résista. J'abdiquai sans trop d'amertume. C'était partie remise, à n'en pas douter. Dans l'intervalle, je devrais penser un peu moins à la chair et un peu plus aux livres; ceux qu'il me faut apprendre à écrire, en premier lieu.

29 juillet

C'était l'anniversaire de Léon hier. Je tenais à passer le voir sans arriver les mains vides. Mon présent a reçu sa faveur, je crois. C'est un coffret d'odeurs tirées d'huiles essentielles ou

160

de produits de synthèse, emprisonnées dans de petits flacons que l'on hume à loisir pour le plaisir de deviner leur identité, pour les associer à des souvenirs, ou pour mettre un nom sur un effluve composant un de ces produits au nez complexe tels le vin, le fromage, la bière, etc. J'aimais lui donner des occasions de garder alertes ses sens valides. Ayant développé un odorat compensatoire, il était devenu un flaireur jouissif.

Il s'enquit de mes démarches auprès de la psychologue qu'il m'avait recommandée. J'inventai une histoire de message laissé sur un répondeur et de rappel attendu de la thérapeute. De toute façon, je me portais mieux, l'assurai-je. Vantant les vertus de l'autoguérison, j'arrivai presque à me convaincre moi-même – décidément, je n'étais pas agent d'immeubles pour rien ! – que mon anxiété sociale s'atténuait, se muait en simple gêne occasionnelle. Je regrettais de m'être ouvert à lui. Il veut mon bien, soit. Mais, peut-être aurais-je dû garder tout ça pour moi. Ça me regarde, au fond.

En sa présence, je n'avais à peu près aucun symptôme. Aussi, j'aimais prendre une pause à son contact, recouvrir mon problème d'une grande bâche pour l'oublier un moment avant qu'il ne rejaillisse de plus belle une heure plus tard à la faveur d'une rencontre, d'une sortie ou bien d'une activité sociale. Dans l'effervescence de mon quotidien, hélas, mon anxiété me laissait fort peu de répit. Désormais, Léon était au courant. Et ses mots nommant ma pathologie, mentionnant mon mal, résonnaient dans mes tympans. Juste d'y faire allusion, ça chatouillait mon angoisse tapie, ça réveillait la bête.

Je réussis à détourner son attention de ma personne en le questionnant sur un objet qui m'avait toujours intrigué. Sur une étagère de son salon, bien à la vue, trônait une espèce de cône de métal très effilé, isolé des autres bibelots, du reste peu nombreux. Le moment me semblait opportun pour m'informer de sa nature. Je l'avais considéré un temps comme une sculpture moderne minimaliste, pour y voir ensuite une relique sacrée issue d'un culte ancien. Mes dernières déductions le définissaient plutôt comme un possible vestige de voyage, un attribut de chaman ou de chef tribal. Bref, j'avais longuement cogité sur cette énigme sans oser mener enquête auprès de Léon, de nature si discrète. En pointant le doigt vers le meuble, je filai droit au but :

— C'est quoi, au juste ?

Il prit un moment avant de me répondre. Comme souvent, lorsque je lui demandais de replonger dans les eaux glauques de son passé, il devait d'abord s'y tremper les doigts, en prélever quelques gouttes qu'il se tapotait sur la nuque pour s'acclimater à la froidure. Ces mesures de précaution exécutées, il se tourna vers moi et commença d'un débit monocorde, où pointait néanmoins une étrange ferveur :

— Cet objet épousseté avec soin chaque semaine est un triboulet.

J'appris qu'il appartenait à sa femme. Elle était conceptrice de bijoux et cet outil servait de moule pour arrondir le métal et lui procurer la perfection cylindrique. Il était également utile pour mesurer le diamètre des bagues. Léon se tut. Ses yeux luisaient, comme recouverts d'un mince film lacrymal. Il reprit, la voix nouée par l'émotion.

— Au moment de lui demander sa main, je lui ai déclamé un court poème glané chez Cocteau, je crois, mais je ne suis pas certain de l'auteur. De mémoire, ça allait comme suit :

L'anneau se met à l'annulaire
avant le baiser des aveux.
Ce que nos lèvres murmurèrent
est dans l'anneau des annulaires.
Mets des fleurs dans tes cheveux

Elle eut tôt fait de saisir la teneur de sa proposition et de lui sauter au cou. Ainsi fut soudée l'union de leur destinée. Le triboulet fit partie de son quotidien pendant toutes ces années où sa femme œuvra comme orfèvre. Et chaque fois que, s'aventurant dans son atelier, il posait les yeux dessus, parmi les retailles métalliques, les lapis et les jaspes ciselés gisant pêle-mêle sur la table, il retrouvait, au-delà de sa fonction utilitaire, l'évocation de ces vers autrefois scandés, le symbole même de leur amour, la matrice du jonc des alliances. J'étais soufflé par la poésie de ses souvenirs comme par la valeur insoupçonnée qu'il accordait à ce vulgaire bout de métal. Par empathie, je m'efforçai d'éprouver une parcelle de son émotion face à cette terne tige, je me formai une image de sa femme par association avec la seule photo d'elle entrevue des semaines plus tôt. Cette photo, il me l'avait sortie d'une petite boîte capitonnée rangée dans le fond d'un tiroir. Il devait aussi y conserver celles de ses enfants et d'autres reliques, mais je n'avais pas réussi à le persuader de m'en dévoiler davantage. Je respectais sa pudeur.

Je tâchai d'imaginer son épouse, besogneuse, au sein de ses instruments de gemmologie. Me concentrant davantage, je parvins à l'embellir, à la parer d'attributs lui faisant défaut, mais c'était peine perdue. Le triboulet restait résolument inanimé, éteint. Les objets, breloques, ou colifichets auxquels les gens attribuent de grandes valeurs sentimentales, parfois au point d'être incapables de s'en départir, demeurent, hélas, des vétilles aux yeux d'autrui. Cette plus-value personnelle ressentie avec tant d'intensité n'est pas transférable ou si peu. Lorsque je repensais à tous mes souvenirs intimes et familiaux perdus dans l'incendie, il s'en trouvait bien trois ou quatre dont, avec le recul, je déplorais la perte mais qui auraient paru à quiconque pour le moins dérisoires. Enfin, sémantiquement, ou par euphonie, le triboulet me paraissait le parfait emblème de Léon qui, depuis l'accident de sa famille, avait la tristesse comme tribut.

Il poursuivit ses confidences, poussé par un élan peu commun, en portant son attention sur un nouvel objet situé en contrebas du premier, sur une autre tablette.

— Et ça, tu sais ce que c'est ? me demanda-t-il en donnant un coup de menton vers un cerceau doré d'environ vingt-cinq centimètres de circonférence déposé sur un écrin de velours.

— Un collier, une confection de ta femme ? risquai-je, consterné par ma réponse convenue.

Il secoua la tête, visiblement satisfait de ma méprise, pour s'engager dans une explication détaillée du phénomène des femmes-girafes. Comme tout le monde, j'avais entendu parler de ces femmes au long cou habitant dans les contrées thaïlandaises.

Vingt-cinq ans plus tôt, appelé en Asie pour une expertise en météorologie, il avait profité de la fin de son contrat pour explorer les régions montagneuses entre le Myanmar et le Laos. De passage dans une tribu Padong, il avait été témoin d'un châtiment imposé à une de ces pauvres femmes au cou étiré. Comme ses congénères, des dizaines d'anneaux montés les uns sur les autres enserraient sa gorge et lui donnaient un port de cygne un peu insolite. Mais, contrairement aux autres, elle venait de se faire prendre en flagrant délit d'adultère, du reste peu consentant, mais la justice dans ce village ne s'enfargeait pas dans ces circonstances atténuantes. Sa condamnation était sans appel.

Dès le lendemain, on lui retirait ses anneaux qui, au fil des ajouts, ne tenaient plus lieu de simples parures mais constituaient les piliers, les arcs-boutants d'un cou aux muscles atrophiés. Léon se sentait bien impuissant devant cette barbarie. Et même s'il en avait vu d'autres, il n'était pas immunisé contre ce genre de scène. Retardant son départ d'une journée, il lui avait tenu la main durant ses dernières heures, en lui marmonnant des paroles réconfortantes dont le ton seul pouvait lui réchauffer le cœur, car elle n'en saisissait pas un mot. Chassée à l'écart du clan, abandonnée des siens, elle agonisa toute la nuit pour rendre l'âme, recroquevillée dans la poussière, piaffant de douleur, tel un catoblépas.

Je repartis de chez Léon, le cœur léger. Ses histoires m'avaient agréablement sorti de mes tourments. J'avais confiance en la vie. Je m'attablai le soir même pour écrire une page ou deux, motivé par mon cours d'écriture, inspiré par les récits de voyage de mon ami. Mais rien de conséquent ne jaillit. Au bout de deux heures, je jetai l'éponge.

Je ne suis au fond qu'un batelier. Tel Charon qui naviguait sur l'Achéron en véhiculant les voyageurs d'une rive à l'autre, mon talent se borne à faire passer des maisons d'un propriétaire à l'autre, comme j'ai fait passer le manuscrit de mon père d'une cave obscure au domaine public.

11 août

Solène vient de retourner à Vancouver. Elle était de passage quelques jours chez ma mère avec son petit morveux grandissant à vue d'œil. Le terme ne se veut pas péjoratif; il se borne à décrire la réalité d'un enfant aux prises avec un coryza en phase aiguë. Il n'a pas encore l'âge de me reconnaître mais après deux ou trois clowneries, je m'en étais fait un allié. Ma mère, pour sa part, ne perd aucune occasion de me redire sa fierté depuis le succès de mon roman, décelable jusque dans ses lapsus. En effet, jamais elle n'a autant trébuché sur mon prénom qu'elle confond régulièrement avec celui de mon père.

Les situations anxiogènes n'ont pas manqué ces deux dernières semaines et l'alcool n'a pas réussi à chasser l'angoisse qui surgit brusquement au détour. D'abord, ce fut à une pièce de théâtre pour laquelle ma mère et son amie avaient eu des billets. Je me suis joint au groupe complété par ma tante et son mari, moitié pour faire plaisir à maman, moitié pour me prouver que j'y serais à l'aise. En arrivant dans la salle, le contraire se confirma. Nos places situées à l'avant nous exposaient la nuque au plus clair de l'assistance. Avant même le lever du rideau, je sentis le désagrément de tous ces regards potentiels sur ma personne. Plus j'imaginais les autres loucher dans ma direction, plus je me sentais traqué. Au cœur du parterre, toutes les issues me paraissaient également distantes. Je ravalai mon peu de salive et tins bon en me renfonçant dans mon siège, dos voûté et en soutenant ma tête de mon pouce et de mon index. Ainsi stabilisé, le coude appuyé sur l'accoudoir, je sentais moins le sol s'ouvrir sous mes pieds. Quand mon bras gauche s'ankylosait, je lui substituais le droit comme support en une discrète manœuvre durant laquelle l'anxiété et les tremblements nerveux semblaient chercher à m'envahir de nouveau. Je devais faire vite.

J'essayais de distinguer autour de moi d'autres spectateurs dans une pose similaire à la mienne pour tenter de démasquer de possibles phobiques sociaux, des frères d'infortune, mais en vain. Partout où je regardais, tous semblaient absorbés par l'action sur scène, le dos droit, les bras croisés, posés sur les cuisses ou négligemment installés sur l'accotoir, l'air détendu.

Malgré ce constat mortifiant, je ne pouvais me résoudre à croire mon cas exceptionnel. La plupart devaient seulement demeurer cloîtrés chez eux, voilà tout. Il ne leur serait pas venu à l'esprit d'affronter l'insurmontable, dans un élan de masochisme, de bravade ou d'autothérapie behaviorale. Il me serait malaisé de rendre compte de la comédie, même si je me suis efforcé de regarder la pièce jusqu'au bout. Le plus clair de mon attention était dévié vers mon maintien général. Replié sur moi-même comme un oiseau blessé, j'étais à l'écoute de ma douleur. Triste égotisme que le mien.

La seconde épreuve fut tout autant prévisible et sonna le glas de ma participation aux ateliers d'écriture. Honteux de mon incapacité à accoucher de quoi que ce soit autour du thème de la mère, comme demandé en devoir, je me résolus à plagier un certain Albert Cohen. À la bibliothèque, mes recherches par mots-clés m'ont mené à son bien nommé *Livre de ma mère*. Après l'avoir feuilleté un moment, je choisis un passage. Il me semblait approprié et d'assez bonne tenue, même si son style me laissait plus froid que celui de mon père. Je n'avais pas le temps de fouiller et de comparer les romans et les auteurs pour tâcher de trouver LE chapitre génialement rédigé et répondant aux critères de mon prof.

Le lundi suivant, je fus désigné pour lire mon texte à voix haute. Je savais cette épreuve imminente mais j'espérais un sursis d'une semaine ou deux. Le temps de glaner quelques conseils d'écriture supplémentaires, même s'ils restaient sans effet. Je n'avais pas bu ce soir-là. Me sentant nanti d'une espèce de force immanente, je pratiquai le détachement. Je me limitais à lire les mots d'un autre. Ce texte ne me concernait pas. Ma bouche constituait le vecteur du message, rien de plus. Cette stratégie me sourit quoiqu'aux trois quarts de ma lecture, en levant les yeux un instant pour reprendre mon souffle, je croisai le regard d'Elvire rempli d'amertume. Aussitôt, j'imaginai celui du prof et des autres élèves tout aussi désapprobateurs. Je terminai de réciter dans un filet de voix puis me rassis en prenant une pose semblable à celle arborée au théâtre, tête appuyée contre la paume, coude sur le bureau pour contrer tout avènement de spasmes nerveux. Étonnamment, l'accueil réservé à mon texte fut favorable. Le prof y voyait même une parenté d'esprit avec mon premier roman (!), cette correspondance entre sensibilité et cynisme je crois ou un commentaire du genre, mais je n'écoutais déjà plus, mystifié par la mine déconfite d'Elvire qui évitait mon regard.

Je la rattrapai de justesse par un pan de son manteau, à la sortie du cours. Exigeant des explications, je réussis à la convaincre de venir prendre un verre avec moi.

Manifestement non indifférente à mes charmes, elle acquiesça du bout des lèvres. Après avoir avalé une bonne rasade, elle se lança. Ses mots sortaient, à la queue leu leu, sans ordre mais dru, comme une ondée subite. Sa déception. Sa confiance en moi anéantie. Sa connaissance de l'œuvre d'Albert Cohen. L'honnêteté comme vertu première à ses yeux. Son mémoire de maîtrise rédigé sur cet auteur. Le thème de la mère comme récurrence dans son œuvre. Le pot aux roses découvert dès la troisième ligne récitée en classe.

Je bredouillai, puis me tus, constatant qu'il n'y avait rien à ajouter pour ma défense. Je demeurai coi face à la pluie de ses reproches. Quand elle eut fini, me laissant las et transi, j'eus le réflexe judéo-chrétien de tendre l'autre joue. Je lui balançai, en la regardant droit dans les yeux pour qu'elle ne se méprenne pas sur mon sérieux;

— Ben. Si tu veux savoir, mon roman non plus, je n'en suis pas l'auteur !

J'avais craché ça sans réfléchir. En lui jetant ce secret à la figure, aussitôt, une énorme pression s'évanouit.

L'abcès était crevé. Je ne m'arrêtai pas en si bonne route. Toute l'histoire y passa, de la découverte du manuscrit jusqu'aux ateliers d'écriture. Je déballai mon sac sans trafiquer la réalité, sans me présenter sous un meilleur jour. Si, durant un moment, j'ai eu des remords de ne pas m'être confié à Léon ou à ma mère, par exemple, plutôt qu'à cette amie de fraîche date, cela ne dura pas en regard de son désir décuplé par mon aveu. Elle n'en revenait pas de l'honneur que je lui rendais en la choisissant comme dépositaire d'un tel secret. Elle m'assura de sa discrétion. Ses amies la surnommaient « La tombe ». En couchant avec elle, ce soir-là, durant les préliminaires que j'étirai pour son plus grand plaisir, je me demandai comment son attirance pour moi avait pu se maintenir alors que mon aura d'écrivain talentueux se réduisait en miettes. Peut-être devenais-je ainsi plus accessible, son égal, son frère ? Il y avait aussi la franchise dont j'avais fait preuve, le courage d'admettre la vérité après tout ce temps passé à mentir. Mon aveu pouvait passer pour du repentir et elle y était sensible… Je dus mettre un terme à cette frénésie analytique en constatant son effet sur mon érection. Ce n'était pas le moment pour les avaries techniques. Cette Elvire avait le feu au ventre.

14 août

Sept ou huit ans, guère plus. Je cours dans le salon familial, transformé pour les besoins de mon jeu en champ de bataille. Prélevant les quatre coussins du divan, je construis ma base, un peu à l'écart dans un coin. Les embouts de l'aspirateur deviennent mes munitions, le plus effilé constitue ma dague. Le métronome mécanique posé sur le piano est mis à contribution. Je le règle en cadence presto et l'enserre sous mon bras avant de me planquer, chargé d'adrénaline. Ce sera la minuterie de ma bombe sur le point d'exploser. Le compte à rebours achève, je m'apprête à la larguer en terrain ennemi. Les fougères me brouillent la vue. Blotti dans la mousse, je m'empêtre dans les longues tiges arborescentes qui risquent de faire dévier la trajectoire de ma grenade. Un faux mouvement et la grande plante tropicale tombe, brisant sous le choc le cache-pot en grès. Le terreau se répand aussitôt sur la marqueterie. Attirée par le bruit, ma mère fait irruption et fulmine devant le désordre ambiant et les dégâts à nettoyer.

J'avais passé l'après-midi dans ma chambre. Au retour du travail, mon père m'avait fait un sermon dont je n'ai jamais oublié les grandes lignes. Sous ses réprimandes officielles, je sentais un cautionnement de l'imagination, de la créativité. Il m'avait demandé des précisions à propos de mon jeu et de sa mise en scène – ce n'était pas venu à l'esprit de ma mère, pour qui seul comptait le bris de son pot-vernissé-obtenu-jadis-en-cadeau-de-mariage-et-auquel-elle-tenait-tant – et il avait cru déceler chez moi, ce jour-là, un certain potentiel théâtral, un talent en devenir. Il me conseilla seulement de délaisser la guerre pour m'intéresser à d'autres sujets moins propices à semer la zizanie sous son toit et à déclencher l'ire de ma mère.

Cette créativité n'avait jamais vraiment éclos et devenu adulte, je ne tardai pas à voir la réalité en face. Ce que mon père prenait pour des promesses de talent en art dramatique n'était rien d'autre que des jeux banals issus de l'imagination masculine infantile moyenne.

19 août

En sortant de la douche hier, après avoir passé une seconde nuit avec Elvire, je l'ai aperçu jeter un coup d'œil à la version imprimée de la première partie de mon journal, allant de l'incendie jusqu'au moment où j'ai Le Défet en main, fraîchement sorti des presses. Il n'était pas vraiment dissimulé, faut-il préciser. Vivant seul et recevant peu, je n'avais pas cru bon l'enfouir sous une pile de papiers ou le mettre sous clef.

Elle parut surprise et me demanda si c'était encore une œuvre de mon père que j'avais retranscrite sur ordinateur. Je lui racontai le contexte dans lequel j'avais commencé à rédiger ce pensum à la suite de l'incendie, pour me raccrocher à quelque chose de familier, pour retrouver mes repères, en disséquant le quotidien et en jetant çà et là un éclairage nouveau sur des éléments de mon passé. Je ne considérais pas cette ventilation d'émotions, cette analyse personnelle de mes jours comme une quelconque production d'intérêt. Elle ne semblait pas de cet avis et me pria de lui prêter ce document pour le parcourir en entier.

26 août

Fuir. Cette solution me traverse l'esprit. Mon secret est éventé, ma barque prend l'eau désormais. L'usurpation de biens et d'identité n'est jamais un titre de gloire et rend fangeux tous ceux qui s'y frottent. Si Léon l'apprenait, ou ma mère, ou Solène, ou Christophe, ou encore Irène (acerbe avec moi au bureau depuis notre dérive lubrique sans lendemain), sans parler des médias, je ne paie pas cher de ma dignité. Acheter un aller simple pour une destination lointaine. Europe. Amérique du Sud. Je ne sais trop. La fébrilité des départs, l'excitation de l'inconnu.

Refaire ma vie, ma réputation, mon réseau de relations ailleurs. Je repousse bientôt cette idée. Elle incline vers la lâcheté. Je ne tomberai pas dans le piège de certains de ceux qui engraissent mes goussets, persuadés de changer leur vie en changeant d'adresse. Par ailleurs, avec cette anxiété sociale mâtinée d'agoraphobie s'attachant à moi comme une poisse, j'ai développé une idée fixe : suivre ces enseignes présentes partout où l'on va, déclinées le plus souvent en rouge, de polices et de formats différents mais reconnaissables entre toutes, ces panneaux en français, en anglais, parfois trilingues annonçant : SORTIE ! Telle est ma nouvelle obsession ! Je ne vais tout de même pas me défiler une fois de plus. En outre, privé de mes points de références habituels, dès la montée en avion – habitacle fermé, promiscuité malsaine – la crise d'angoisse carabinée menacerait d'éclater.

28 août

Le répondeur clignotait ce soir. Une voix gracile, un brin inhibée que je reconnus comme celle d'Elvire. Dans l'ensemble, mon journal lui avait plu par son franc-parler et le regard porté sur les gens et les choses, elle m'avait même découvert quelque aptitude littéraire, redécouvert serait le mot exact si l'on tient compte du talent qu'elle m'attribuait à tort auparavant. Trois passages illustraient ses commentaires. À son ton mièvre caractéristique, j'attendais le pot après la fleur. L'envers des compliments suivit de près. Elle hésita, toussota puis reprit le fil de son soliloque. Mon répondeur autorisait des messages d'au plus dix minutes, parfait pour ce genre d'épanchement-fleuve.

Le détail de mes conquêtes l'avait rebutée comme certains commentaires connexes. Ils m'assimilaient, selon elle, à un Don Juan misogyne et sans scrupule. Aussi, elle préférait me remettre la copie de mon journal par voie de courrier sans avoir à me revoir et à risquer, le cas échéant, d'être entraînée dans une spirale sentimentale débouchant sur la peine d'amour assurée. Elle me souhaitait un bel avenir, sans rancune, et me rassurait une dernière fois de son entière discrétion au sujet de mon secret.

Le message était clair. J'en prenais acte et m'inclinais devant ses volontés, mais je comprenais mal ses allusions à Don Juan. Ma vision des relations homme-femme, empreinte de liberté, m'apparaissait néanmoins saine et fondée sur l'entente mutuelle.

4 septembre

Je me sens défait, vaincu, floué.

Dans le journal ce matin, il y a ma photo jouxtant un article surmonté du titre *L'imposteur démasqué*, avec en sous-titre *L'affaire Le Défet*. Je tressaille à la vue de mon visage en gros plan. Traits sérieux, air poseur, regard lointain. Une mine gonflée d'orgueil, de suffisance accolée à un texte assassin. Le contraste en est presque comique.

Ce n'est pas tant la nouvelle qui m'atterre, mais la découverte d'une Elvire fourbe et cruelle. On se forge une image des gens, on croit les connaître, on leur confie l'intime, l'inavouable et eux vous plantent un Laguiole entre les omoplates. Léon m'appelle, compatit puis se rue chez moi. Ça tombe bien, c'est la seule personne que j'ai envie de voir. Il me demande si d'autres proches m'ont téléphoné. Indifférent, je lui montre le répondeur d'un coup de menton. Il avance vers l'appareil et appuie sur la touche *play* .

— Bastien !? Bastien ! Réponds ! Je sais que tu es là !... Qu'as-tu fait pour l'amour ?! Pourquoi ? As-tu pensé à ta mère ???! Je ne méritais pas ça grands dieux !! Et le respect ?!! Et la mémoire de ton père ?! Qu'en fais-tu, malheureux ?!! Rappelle-moi ! Je…. J'ai besoin de savoir… Biiip !

— Bastien, c'est Irène. Je suis déçue… Très déçue de toi. Au fond, ça résume bien la personne que tu es. Un copieur et un… un goujat. Tu comprendras que dans les circonstances, avec la mauvaise publicité sur ton compte, je ne peux te garder comme agent. Hum ! Ça tombe sous le sens ! Tu peux venir récupérer tes choses au bureau. Je suis à Toronto pour la semaine. On risque peu de se croiser. Biiip !

— Bass ! Qu'est-ce qui se passe ?! C'est vrai ce qu'on raconte ? Rappelle-moi, man ! Si c'est une conspiration, je vais me battre avec toi ! Ça n'a pas de bon sens ! Ils n'ont pas le droit de te faire ça ! C'est… c'est de la diffamation ! Biiip !

— Qui est-ce, celui-là ? me demande Léon.

— Christophe, soufflé-je.

Il débranche mon téléphone qui commence à sonner avec insistance, m'épargnant ainsi le coup de fil attendu de mon éditeur. Le dialogue ne se poursuit pas tout de suite. Sa présence seule me calme, m'apaise. Après un long moment, je le dévisage, je le scrute, je l'enjoins à me parler par mon regard plein d'insistance muette.

— La fuite. Tentant, non ? J'y ai songé après m'être retrouvé seul au monde. J'en avais l'habitude. Les départs, les vols nolisés, les escales, les transferts, les séjours prolongés; l'exotisme nous soustrait au quotidien. Mais quand j'ai compris que je ne retrouverais nulle part ceux que j'ai perdus, je me suis fait une raison et j'ai déposé mes pénates dans le quartier. Comme Candide – son légendaire optimisme en moins – j'ai fini par m'établir dans la ville où j'avais été heureux jadis et de cultiver mon jardin au sens figuré ainsi qu'au sens propre.

— Avec tout un talent et une créativité assez exceptionnelle, ajoutai-je, penaud, en poursuivant tout bas… et qui tous deux me font défaut.

Je n'ai pas sa force morale ni sa droiture. Juste à imaginer la confrontation inévitable avec ma mère, mes jambes flageolent.

— Je le savais, laisse-t-il enfin échapper.

Je fronce les sourcils, incertain du sens de cette affirmation.

— J'ai fait le lien, poursuit-il, quand mon amie infirmière – tu sais, celle avec qui je me suis brouillé – m'a parlé d'une de ses patientes. Elle m'a raconté qu'elle l'avait assistée pour écrire une carte qui lui semblait de la plus haute importance. Sachant discerner la portion lucide des propos de Gisèle, elle avait été émue par cette histoire de roman doublement contrecarré par la mort puis par le feu. Gisèle devait tout de même garder espoir, croire à un rechapage possible de ce manuscrit pour en rappeler ainsi l'existence, au terme de sa propre vie.

Je me suis souvenu alors de ce jour où Léon m'avait demandé le prénom de ma grand-mère. Ma réponse lui avait confirmé ses soupçons. Malgré moi, je versai une larme, une seule qui échappa à mon contrôle. Je la chassai du revers de ma main, maladroitement, puis me tournai vers Léon et exprimai par ma bouche ce qui n'avait pas jailli de mes yeux. Si seulement je l'avais connu à l'adolescence, je n'aurais pas eu à piller quoi que ce soit à mon père. Je l'aurais laissé reposer en paix, avec ses trésors à jamais soustraits au monde, emportés dans sa tombe ou dans ce classeur-sarcophage.

Ce jour-là, Léon fut déçu et s'est senti trahi. Mon geste a fait chanceler son amitié un moment comme le roseau ploie sous l'effet de la bourrasque, mais elle a tenu bon pour une raison simple; il s'était attaché à moi. Il croyait aussi être en mesure de m'aider. Toute la sollicitude qu'il ne pouvait plus communiquer à ses enfants, il la transférait peut-être à moi.

Je lui réclamai un conseil ou une métaphore météorologique, mais j'eus droit plutôt à un souvenir de jeunesse.

En Ontario, sur la ferme familiale, certaines années étaient plus difficiles que d'autres. L'argent n'abondait pas. Les Batala ne manquaient de rien mais le superflu leur avait toujours été inaccessible. Avoir huit enfants à nourrir apporte son lot de contingences. Malgré son statut modeste, le père marchait la tête haute et sa fierté pouvait même se retourner contre lui à l'occasion. Un jour où Léon et son frère aîné jouaient aux champs près de la ferme, Monsieur le curé, tout engoncé dans sa soutane, l'air solennel, avait fait halte chez lui. Après les salutations d'usage échangées sur le perron avec son père des plus circonspect, il lui avait demandé dans un roulement de « r » caractéristique :

— Monsieur Batala, dites-moi, quels sont vos moyens de fortune ?

Le père de Léon le voyait venir, avec ses gros sabots. Son cadet était doué à l'école, performant sans effort dans les principales matières au programme. La nouvelle s'était propagée jusqu'au curé par le réseau des frères enseignants. Il venait voir son père avec l'espoir de contribuer à l'ordination future d'un nouveau prêtre : le frère Léon. Mon ami se rappelait de l'attitude paternelle arquée, pleine de mépris contenu, ce matin-là face à ce représentant d'une église qu'il ne tenait pas en haute estime. Sa réponse tomba, cinglante et sans appel :

— Quêteux ! Monsieur le curé, Quê - teux !

Ulcéré, le curé tourna les talons, prenant acte de cette fin de non-recevoir. Par cette réplique assassine, il venait de court-circuiter tout un univers. L'accès à la connaissance se dérobait sous les pas de Léon, le faisant retomber dans son prosaïque quotidien fait de foin à engranger, de leçons à ânonner et de vaches à traire. Sa mère en avait longtemps voulu à son mari d'avoir laissé passer une occasion pareille. Permettre à un de ses fils d'accéder au cours classique ! Ça représentait à ses yeux une chance inespérée de gravir les échelons sociaux et de s'extirper enfin d'une condition modeste qui, telle une guigne, semblait leur lot depuis des générations.

Envers et contre tout, Léon avait réussi à suivre cette formation convoitée, quelques années plus tard, grâce à l'aide financière inattendue d'un parrain, marchand prospère. Il avait pu ensuite se spécialiser en météorologie. Par le long détour de ce souvenir au dénouement heureux, Léon voulait m'illustrer l'ascendant d'un père qui aurait pu déterminer toute une vie future sous le signe d'un rendez-vous manqué.

À ses yeux, je devais m'affranchir de cet ascendant et tourner le dos aux ruminations du passé. Oui, il y a faute. Mais aucune poursuite ne sera intentée en l'absence de plagiat avéré ou prouvé formellement. Les morts ne peuvent revenir se plaindre et ce brouillon sauvé des flammes a peu à voir avec un roman déjà édité, volé par pans ou en entier par un étranger en mal de gloire. La situation est très particulière et les circonstances atténuantes ne manquent pas.

J'approuvai ses sages paroles. Mais il le sentait, il me connaissait; je ne traînerais pas par ici les jours prochains. Ma décision était prise. Il me rassura au sujet de ma mère. Il saurait trouver les mots pour l'apaiser comme il l'avait si bien réussi avec moi. Avec son accordéon, au besoin, il arriverait à l'envoûter, à la disposer favorablement pour qu'elle me pardonne. Il aplanirait le terrain en mon absence, intercéderait pour moi auprès des médias, je pouvais compter sur lui comme lui, sur moi. Après le départ de Léon, j'ai fait mon sac, empoché mon passeport, mes cartes, mon argent et j'ai filé à l'aéroport. Lieu anonyme. Les voyageurs se pressaient, tous absorbés par l'imminence de leur propre départ, ou par l'arrivée de leurs proches. Je m'apprêtai à commander une bière ou deux au bar non loin du terminal pour affronter l'anxiété escomptée, mais une espèce d'aisance inconnue m'en dispensa. La crise n'adviendrait pas, je le pressentais. Aucun tremblement. Je retournai mes paumes, observai mes doigts légèrement repliés. Je fis des rotations du cou de gauche à droite, je me jaugeai, me tâtai les membres, tout semblait en état. Aucune tension manifeste. La rémission... un terme doux à l'oreille auquel je n'osais songer. Pour l'heur, « accalmie » me suffisait.

Détaché de mes obligations, délivré des faux-semblants, de la duperie soutenue et harassante dans laquelle je m'étais enlisé en volontaire inconscient, j'appréhendai l'avenir avec une foi nouvelle.

Vancouver, Paris, Kapuskasing, Mexico, Londres, Jakarta, le choix des destinations immédiates était restreint mais néanmoins invitant. Le hasard me tiendrait lieu de guide. Je laisserai retomber la poussière, l'affaire s'étouffera d'elle-même faute de combustible pour l'entretenir. En revenant d'exil, je peaufinerai mon journal, j'y adjoindrai la deuxième partie qui lui donnera tout son sens, et je remettrai le tout à mon éditeur, en me croisant les doigts. Bientôt peut-être, et sans dettes envers quiconque, je n'aurai plus à rougir d'un prénom amputé, tronqué, orphelin.

Achevé d'imprimer
en janvier deux mille huit, sur les presses
de l'imprimerie Gauvin, Gatineau, Québec

Sources Mixtes
Groupe de produits issu de forêts bien
gérées et de bois ou fibres recyclés.
www.fsc.org   Cert no. SGS-COC-2624
© 1996 Forest Stewardship Council